# FREE AT LAST

## – *verfallen* –

ANNIE STONE

Coverfoto: © shutterstock.com / Stefano Cavoretto
Korrektorat: ScriptLounge
ISBN-13: 978-1533449832
ISBN-10: 153344983X



Kontakt: anniestone81@gmail.com

V.i.S.d.P.
Autorencentrum.de
Ein Projekt der BlueCat Publishing GbR
Peter Maassen
Gneisenaustra. 64
10961 Berlin
E-Mail: bluecatmedia@web.de
Tel.: 030/61671496
- Pakete warden nicht angenommen -

Für dich

# 1

# Mac

Der Tag, an dem ich Carter begegnete, war ein Freitag. Ich stand auf der einen Seite des Raums, unterhielt mich und dann kam er hinein. Es war, als würde jedes kleine Atom in seine Richtung gezogen. Sauerstoff, Menschen, ja, selbst die Blumen drehten ihre Köpfe zu ihm. Er hatte eine solche Präsenz, dass ich mich unwillkürlich näher an ihn schob. Als sein Blick mich traf, rann ein elektrischer Schlag durch mich. Ich glühte förmlich, stellte mir im Bruchteil einer Sekunde vor, wie es sein würde, die Frau an seiner Seite zu sein.

Und dann ... nichts. Seine Augen flogen zu seinem nächsten Ziel, nahmen mich nicht einmal wirklich wahr, ließen mich vollkommen am Boden zerstört zurück. Ich war nicht einmal einen eine Sekunde andauernden Blick wert. Ich schluckte schwer, während er zu Brittany ging, die die Einrichtung seiner Firmenzentrale geleitet hatte. Ich habe eigentlich gar nichts mit Innenarchitektur zu tun, aber ich war hier, um meine beste Freundin an diesem so wichtigen Abend zu unterstützen.

Brittany ... Nie hatte ich jemanden mehr verachtet als sie in diesem Moment. Und dabei liebte ich sie doch heiß und innig.

Sie hatte mir die letzten Wochen immer und immer wieder

vorgeschwärmt, wie gut Carter Tilman, Chef der *Tilman Finance Group*, aussieht. Er war etwa einen Meter neunzig groß, gut gebaut, zumindest was man so unter dem Anzug erkennen konnte. Seine Haare waren blond und seine Augen blau. Er war die perfekte Mischung aus geschniegelt und kantig, sodass man sich vorstellen konnte, dass er hinter verschlossenen Türen nicht der perfekte Gentleman war, den man in der Öffentlichkeit sah.

Und jetzt? Jetzt redete er mit ihr! Mit ihr! Und mir gab er nicht mal mehr als einen kurzen Blick.

Ich beobachtete ihn, folgte ihm unauffällig, versuchte, in seiner Nähe zu bleiben. Aber es gelang mir nicht auch nur einmal, seine Aufmerksamkeit auf mich zu ziehen. Ich kam mir klein und unbedeutend vor, als wäre ich einfach ein Nichts.

Kurz vor Mitternacht gab Brittany mir das Zeichen, dass wir fertig waren. Mit einem leisen Bedauern ging ich, schließlich gab es für mich keinen Grund, hier zu bleiben. Es machte mich traurig.

Draußen verabschiedete ich mich von Brittany und ihren Mitarbeiterinnen, bevor ich mich auf den Weg zu meinem Auto machte. Als ich gerade die Tür öffnen wollte, sagte hinter mir jemand: »Ich hatte gehofft, Sie noch zu treffen.«

Jedes Molekül in mir strebte zu ihm, aber ich wollte mich ja auch nicht vollkommen zum Trottel machen, daher drehte ich mich betont langsam um.

»Ja?«, fragte ich wenig geistreich.

Er kam näher und nickte dabei. »Sie sehen umwerfend aus. Ich muss Sie einfach küssen.« Und das tat er dann auch. Aus diesem einen Kuss wurden so viele mehr, aus dieser einen Begegnung wurden hunderte, aus zwei einzelnen Leben wurde eines.

Und das bringt mich ins Hier und Jetzt, knapp ein Jahr später.

»Bist du aufgeregt?«, fragt er mich.

Ich nicke und knete meine Finger. »Furchtbar aufgeregt.«

Er lacht leise und streichelt meine Wange. »Nur keine Angst zeigen. Sie sind wie Raubtiere, die Furcht wittern können.«

»Bitte sag, dass du gescherzt hast«, antworte ich nervös.

»Sie werden dich schon mögen, da bin ich mir sicher.«

*Sie* sind seine Söhne. Hunter und Carey. Siebzehn und fünfzehn Jahre alt. Ich habe sie bisher nicht kennengelernt, weil sie bei ihrer Mutter in Miami leben. Den Sommer sollen sie bei ihrem Vater in San Diego verbringen. Und hier bin ich auch. Ich kann dem Unvermeidlichen nicht aus dem Wege gehen, auch wenn es mir Angst macht. Wirklich, nicht einmal bei meiner Abschlussprüfung hatte ich so viel Muffensausen wie jetzt.

»Ganz ruhig, Sweetheart«, sagt er und greift nach meiner Hand. Beruhigend streichelt er mit dem Finger über die Knöchel.

Ich schaue ihn an, versuche zu lächeln. Aber was sonst so einfach ist, ist es heute nicht. Ich lerne seine fast erwachsenen Söhne kennen. Und ich bin nicht so viel älter als sie ... Ich bin fünfundzwanzig, Carter ist dreiundvierzig. Zahlen sind Schall und Rauch sagt man, aber dieses Zahlenspiel ist das Rezept für Desaster.

»Da sind sie«, sagt er und zeigt auf zwei große Jungs, die ihm sehr ähnlich sehen und dann auch wieder doch nicht.

Carey, der Jüngere, ist schon bestimmt eins achtzig oder fünfundachtzig. Er ist blond und hat blaue Augen wie sein Vater. Aber während sein Vater männlich aussieht, trägt Carey die Schönheit der Jugend. Nicht mal ein Pickel ist auf seiner makellosen Haut zu sehen, was ich für einen persönlichen Affront halte, denn mit Mitte zwanzig bekomme ich immer noch ab und zu welche.

Hunter ist jetzt schon größer als sein Vater. Er hat braune, kurzgeschorene Haare und braune Augen. Seine Wangen und sein Kinn sind mit Stoppeln übersät und er hat für einen so jungen Mann schon eine erstaunlich maskuline Ausstrahlung. Ich wette, er ist ein Hit bei den Mädels.

Sie wollen cool wirken, aber man sieht ihnen an, dass sie sich freuen, ihren Dad wiederzusehen. Beide umarmen ihn herzlich und er reagiert ebenso. Bisher war Carter für mich immer nur der sexy

Junggeselle, aber ihn mit seinen Söhnen zu sehen, ist erstaunlich.

»Okay, Jungs, das ist Mackenzie. Sweetie, das sind Hunter und Carey«, stellt er uns vor und legt einen Arm um mich.

Die gerade noch so freundlichen Gesichter verdunkeln sich und ich weiß sofort, dass ich keine Chance bei den beiden habe. Ich reiche ihnen die Hand, die sie zwar schütteln, aber beide so fest zudrücken, dass ich mich zusammenreißen muss, um nicht aufzuschreien.

»Schön, euch kennenzulernen«, sage ich und bemühe mich, fröhlich und nicht eingeschüchtert zu klingen.

Carter scheint, zufrieden zu sein. »Dann lasst uns nach Hause fahren. Wir haben gedacht, wir machen heute ein kleines Barbecue.«

Hunter wendet seine kalten Augen von mir ab und ihm zu. Sie tauen merklich auf. »Dad, wir hatten eigentlich gedacht, dass wir heute Abend Freunde treffen.«

»Oh, ja, klar. Lasst uns gemeinsam essen und dann habt Spaß«, antwortet er amüsiert.

Er nimmt Carey die Tasche ab, legt seinem Sohn den Arm um die Schulter. Hunter läuft auf seiner anderen Seite.

»Kommst du, Sweetie?«, ruft Carter über die Schulter zurück und ich folge ihnen aus dem Flughafen hinaus. Berühmtes fünftes Rad am Wagen? Hier bin ich.

Am Auto angekommen, steigt Hunter vorne ein, als wäre es so üblich. Carter schaut zwar einen Moment irritiert, sagt aber nichts. Er hält mir die hintere Tür auf und ich klettere in den Mercedes SUV.

»Was habt ihr diesen Sommer geplant?«, fragt er.

Carey antwortet: »Freunde, Strand, Babes.«

Hunter lacht. »In der Reihenfolge?«

Carey zuckt mit der Schulter. »Dass du einen Riesenverschleiß hast, weiß jeder.«

Carter schenkt seinem Sohn einen Blick. Wenn ich es nicht besser wissen würde, würde ich denken, es ist Anerkennung, aber das kann ja nicht sein, oder? Kann ein Vater stolz darauf sein, dass sein siebzehnjähriger Sohn ein Hit bei den Ladys ist? Nein. Der Blick muss eine andere Bedeutung haben.

»Du kannst gar nicht mitreden. Du hast deine Jungfrauenkarte ja noch.« Hunter dreht sich halb im Sitz um, um seinen Bruder anzugrinsen.

»Will ich das hören?«, fragt Carter amüsiert.

Hunter fläzt sich in den Sitz. »Ich dachte, du hast die Gummis absichtlich so platziert, dass wir sie finden.

»Korrumpier deinen Bruder nicht«, lacht Carter. »Da ist Hopfen und Malz noch nicht verloren.«

»Hast du gehört?«, fragt Hunter. »Du bist der gute Bruder.«

»Hey, du Pisser, ich bin nicht gut!« Carey beugt sich vor, um Hunter gegen die Schulter zu boxen.

Irgendwie komme ich mir fehl am Platz vor. Ich könnte auch nicht da sein.

Hunter weicht dem Schlag aus und lacht.

»Hey, Jungs, keine Handgreiflichkeiten«, wirft Carter ein. »Die Regeln lauten, dass wir unsere Streitigkeiten mit Worten austragen.«

»Hunter ist zu dumm, um eine andere Sprache zu verwenden«, grummelt Carey.

»Dumm? Hast du das Zeugnis gefälscht?«, fragt Carter seinen Sohn.

Hunter grinst. »Das habe ich nicht nötig. Im Gegensatz zu Carey habe ich Aussehen und Gehirn.«

»Haha, Aussehen! Du siehst scheiße aus«, macht sich Carey lustig.

Sein Bruder dreht sich um, wirft mir einen kalten Blick zu, der mich zittern lässt, und antwortet: »Ich schätze mal, du willst heute Abend bei Dad bleiben ...« Bedeutungsschwere Pause.

Carey schaut mich an, macht eine eindeutige Handbewegung vor seinem Hals und sagt: »Das sind auch meine Freunde.«

Hunter grinst und sieht dabei aus wie ein Raubtier. »Dann sei brav.«

Carey schnaubt, sagt aber nichts weiter.

Ich mache drei Kreuze, als wir endlich am Haus, an unserem Haus, ankommen. Aber ich weiß, dass mir noch etwas bevor steht. Die Jungs wissen noch nicht, dass ich jetzt auch hier wohne. Was werden sie dazu sagen?

Als ich die Einfahrt hochgehe, schaue ich zum Haus. Es ist riesig, gebaut für eine große, glückliche Familie, und ich fühle mich immer wie ein Eindringling. Hier haben sie als Familie zusammen gewohnt. Nun wohnt Carter hier mit einer neuen Frau.

Sobald die beiden Jungs drin sind, nehmen sie den Raum ein. Das Haus wirkt kleiner mit drei großen männlichen Wesen.

»Sweetie, ich mach den Grill an«, sagt Carter, als ich in die Küche komme.

Ich nicke und er umarmt mich, gibt mir einen Kuss auf den Kopf. Carey schaut mich so feindselig an, dass ich schnell die Augen schließe. Ich kämpfe darum, dass die Tränen nicht aufsteigen. Ich will ihnen nicht zeigen, wie sehr sie mich verletzen.

Als Carter rausgegangen ist, baut sich Carey vor mir auf. »Willst du unser Geld?«

Irritiert schaue ich ihn an. »Wie bitte?«

»Dad hat jede Menge Schotter. Bist du darauf scharf oder was willst du mit einem Kerl, der so viel älter als du ist?«

Ich bin wie vor den Kopf geschlagen. Hunter lehnt lässig gegen den Kühlschrank. Er sagt nichts, aber er hat etwas Bedrohliches, wie er so ruhig mit überkreuzten Armen dasteht. Mein Blick schweift von einem zum anderen und ich spüre, wie mein Mund trocken wird.

»Sweetie? Kannst du mir die Steaks rausbringen?«, ruft Carter von draußen. Ich schlucke und schaue zu Hunter, der den Kühlschrank blockiert.

Ich gehe einen Schritt auf ihn zu, aber er macht keine Anstalten, zur Seite zu gehen. »Könntest du ...?«, frage ich.

Er setzt sein Raubtierlächeln auf. »Könnte ich was?«

»Zur Seite gehen.«

Er grinst mich von oben herab an. »Sag bitte.«

Ich würde ihm gerne sagen, dass er sich verpissen soll, aber ich sage mir immer wieder vor, dass er siebzehn ist und mich testet. Ich kann ihm nicht sagen, was ich einem fünfundzwanzigjährigen Arschloch sagen würde. Ich reiße mich am Riemen, schaue so fest ich kann in seine Augen und sage: »Würdest du *bitte* zur Seite gehen?«

Er bewegt sich und sagt: »Geht doch, Doll.«

*Nicht auf den Spitznamen reagieren, nicht auf den Spitznamen reagieren.* »Mein Name ist Mackenzie oder Mac.« Super hinbekommen, jetzt weiß er, dass ich es nicht leiden kann, und wird niemals aufhören.

Ich hole die Steaks raus und bringe sie nach draußen.

Carter lächelt mich an. »Hey.« Er zieht mich für einen Kuss an sich. »Alles okay?«

Ich nicke. »Ja, alles okay. Es ist nur ein wenig ungewohnt.«

Er lächelt mich liebevoll an. »Ich weiß, aber ihr werdet euch gut verstehen. Ich finde es schön, meine drei liebsten Menschen hier zu haben.«

Ich kuschel mich gegen ihn, bevor er sich löst, um das Fleisch auf den Grill zu legen.

»Hunt? Könnt ihr den Tisch decken?«, ruft er.

Die Jungs kommen mit Geschirr und Besteck nach draußen. Ich gehe rein, um die Salate zu holen, die ich vorbereitet habe.

»Du hast meine Frage nicht beantwortet«, ertönt es hinter mir und ich zucke so heftig zusammen, dass mir die Glasschüssel aus der Hand fällt. Der Kartoffelsalat landet auf dem Boden und spitze Scherben fliegen durch die Luft. Eine trifft mich am Schienbein und ich starre wie in Trance auf das rote Rinnsal, das mein Bein hinunter fließt.

»Bist du okay, Sweetie?«, fragt Carter, der durch den Knall angelockt wurde.

Ich nicke. »Ja, mir ist nur die Schüssel runtergefallen. Tut mir leid.«

»Ach, das macht doch nichts«, sagt er, kommt zu mir, hebt mich hoch und setzt mich auf die Kücheninsel. Er hebt die

Scherben auf, schmeißt den Salat in den Müll, bevor er wischt.

»Ich kann das doch machen«, sage ich und will schon aufstehen und helfen.

»Quatsch. Ich mach das eben.« Er lächelt mich an und mein Herz, das die letzte Stunde seltsam verknotet war, kann wieder etwas befreiter schlagen. Das ist Carter. Er liebt mich. Ich liebe ihn.

Als er fertig ist, verarztet er den kleinen Schnitt an meinem Bein. Er klebt ein Pflaster drauf. »So, alles wieder gut. Ich hoffe, Hunter hat das Fleisch nicht verbrennen lassen.«

»Das habe ich gehört, Dad. Als würde ich bei einer solch männlichen Sache versagen«, wird von draußen gerufen.

Carter lacht und küsst mich, bevor wir die nicht zerstörten Salate und weitere Sachen nach draußen bringen.

Als wir alle am Tisch sitzen, fragt Carter: »Wolltet ihr nicht ins Footballcamp?«

»Das ist in drei Wochen, Dad. Wir sind dann eine Woche weg und kommen dann wieder her«, antwortet Carey.

»Ich hab schon gehört, dass ihr beide spielt. Was sind eure Positionen?«, frage ich, um mich zumindest ein bisschen an den Gesprächen zu beteiligen, obwohl ich weiß, dass Hunter der Wide Receiver und Carey der zweite Quarterback ist, was sie dann auch genauso sagen. So lange ihr Dad dabei ist, sind sie höflich und leidlich freundlich. Sie bringen sich nicht vor lauter Höflichkeit um, aber man kann mit ihnen reden. Als ihr Vater dann aber einen Anruf annimmt und im Haus verschwindet, wendet sich das Blatt erneut.

»Beantworte jetzt endlich meine verschissene Frage«, knurrt Carey.

Hunter grinst einfach nur, lehnt sich zurück, hat wieder die Arme vor der Brust verschränkt. In ein paar Jahren wird er ein wahrer Riese sein. Er ist jetzt schon sehr groß und die Muskeln, die für einen Teenager schon beeindruckend sind, werden mit Sicherheit noch an Masse zunehmen.

Ich schaue Carey an. »Es reicht. Das geht dich nichts an.«

Er verzieht sein Gesicht. »Das heißt also, es stimmt, du

Goldgräberin.«

»Ich will keinen Streit mit euch. Ich will euch kennenlernen, will gut mit euch auskommen. Ich will euch nichts Böses. Ich liebe euren Vater.« Ich nehme all meinen Mut zusammen, um diese paar Sätze zu sagen. Aber es ist auch schwer, mich daran zu erinnern, dass ich eine selbstbewusste Frau bin, wenn Hunter Tilman mich mit einer furchteinflößenden Lässigkeit, die normalerweise viel ältere Männer nicht mal haben, anstarrt, als wäre ich ein Insekt, das er beseitigen muss.

»Newsflash, Doll«, meint Carey, »nur weil du die Beine für Dad breit machst, heißt das noch lange nicht, dass du uns ebenso um den Finger wickeln kannst. In den letzten drei Jahren kamen unzählige Frauen und sie alle hatten eines gemeinsam. Willst du wissen, was?« Ich schüttel den Kopf. »Sie sind nicht mehr hier.«

Ich wusste doch, dass ich es nicht wissen wollte. »Ich möchte nicht, dass du so mit mir redest.«

»Wie rede ich denn mit dir?«

»Abwertend, degradierend.«

Er zuckt mit den Schultern. »Hmmh«, macht er, als würde er meine Worte abwägen. »Dann mache ich ja alles richtig.« Er schaut zu Hunter, als würde er auf Anweisungen warten, aber dieser macht keine Anstalten sich einzumischen.

Ich weiß nicht, wie ich darauf reagieren soll. Was soll ich sagen? Ich erzähl es deinem Vater? Juchu. Dann werde ich nie eine Beziehung zu ihnen aufbauen können. Soll ich noch mal sagen, so lasse ich nicht mit mir reden, um mich erneut verspotten zu lassen? Oder soll ich einfach gehen? Dann zeige ich ihnen, dass sie mit mir machen können, was sie wollen.

In dem Moment kommt Carter zurück und zieht die Stirn in Falten. »Das war eure Mom. Sie hat mich gefragt, ob ich wüsste, wo ihr seid.«

Von einer Sekunde auf die andere verändern sich ihre Gesichtsausdrücke. Carey sieht plötzlich schuldig aus, während Hunters Gesicht hart wird.

»Sie sagte, sie hätte keine Ahnung gehabt, wo ihr seid, und sich Sorgen gemacht.«

Carey schaut auf den Boden, während Hunter nur abfällig schnaubt.

»Hast du mir was zu sagen, Hunter?«, fragt Carter und fährt sich frustriert durch die Haare.

Hunter schaut zu ihm, blickt ihm direkt in die Augen. »Wir wollen zurück nach San Diego ziehen.«

»Wie bitte?«, fragt Carter perplex.

»Soll ich es wiederholen?«

Carter gibt ein merkwürdiges Geräusch von sich. »Wieso?«

»Du weißt, wie Mom ist.«

»Wie ist sie denn?«

Hunter fährt sich über die kurzgeschorenen Haare. »Sie ist eine gemeine Trinkerin. Sie hat ständig irgendwelche Männer da. Das ist mehr ein Puff als ein Zuhause.«

Ich schlucke. Ich hatte angenommen, dass sie mich nicht leiden können, weil sie ihre Mutter abgöttisch lieben, aber das hört sich nicht gut an. Auch wenn sie mich wie Abschaum behandelt haben, habe ich doch Mitleid mit ihnen. Kein Kind sollte sich fragen, ob es seinen Eltern eigentlich wichtig ist. Das weiß ich am besten.

»Hunter ...«

»Dad, komm schon! Ich weiß, was du sagen willst, aber wir können nicht bei Mom bleiben.«

Carter nickt langsam und schaut dann zu mir. »Mackenzie ist vor ein paar Wochen eingezogen. Das ist jetzt auch ihr Zuhause. Wenn ihr ebenfalls einzieht, müsst ihr euch mit ihr arrangieren.«

Carey schaut fassungslos auf. »Sie wohnt hier?«

»Hast du ein Problem damit?«, fragt Carter und zum ersten Mal wird sein Ton schärfer.

»Nein, gar nicht«, murmelt er.

»Hunter?«

»Alles ist besser, als in Miami zu bleiben.«

Carter nickt. »Mac?«

Ich schaue ihn überrascht an. »Ja?«

»Es ist auch dein Zuhause. Bist du einverstanden, wenn sie einziehen?«, fragt er.

»Sie sind deine Söhne. Sie werden hier immer willkommen sein«, sage ich, obwohl ich innerlich schlucken muss. Zehn Wochen mit ihnen zu verbringen, finde ich schon hart, aber dass sie nun auch noch hier leben? Hunter fängt nach dem Sommer sein letztes Schuljahr an und wird aufs College gehen oder sonst wohin. Aber Carey bleibt noch drei Jahre, bevor er auch wegziehen wird. Kann ich das? Auf die Gefahr, dass es drei Jahre Hölle werden, weil sie mich dann immer noch hassen?

Bleibt mir wohl nichts anderes übrig, als es herauszufinden.

Carter streicht mir über die Schulter. Dann sieht er wieder zu Hunter. »Wenn ich zustimme, dann erwarte ich besseres Verhalten, als ihr in Miami an den Tag gelegt habt.«

Hunter und Carey nicken beide. »Versprochen.«

Carter schnaubt. Er glaubt seinen Söhnen offenbar kein Wort. »Wir werden sehen. Ich ruf eure Mom an und teile ihr eure Entscheidung mit.«

Hunter steht auf. »Wir fahren jetzt.«

»Ihr seid um Mitternacht zu Hause.«

»Dad, echt jetzt?«, fragt Carey.

»Du bist fünfzehn.«

»Ja, aber Hunter nicht.«

»Dann kann Hunter dich um Mitternacht absetzen und noch eine Stunde wegbleiben.«

»Das ist total unfair!«

Carter schaut ihn fest an. »Wie war das mit dem guten Verhalten?«

Carey grinst frech. »Du sagtest besseres Verhalten, nicht gutes Verhalten.«

Innerlich applaudiere ich ihm, verziehe äußerlich aber keine Miene.

»Mitternacht.«

»Kann ich das Auto nehmen?«

Carter nickt. »Schlüssel liegen auf dem Tisch.«

Und weg sind sie.

»Lausebengel«, sagt er und setzt sich zu mir. Er legt mir die Hand aufs Bein. »Danke, Sweetie.«

»Es ist dein Haus, es sind deine Söhne. Natürlich können sie hier wohnen.«

»Unser Haus.«

Ich zucke mit den Schultern. »Trotzdem.«

Er fährt sich durch die Haare. »Es wird anders werden.«

»Das wird es.«

Er schaut mich an. »Du bist komisch. Sag mir, was du hast.«

Ich knete meine Finger und er zoomt auf sie. Er weiß, das ist mein Zeichen, dass ich nervös bin. »Sie mögen mich nicht.«

Er nickt langsam. »Sie brauchen Zeit. Sie haben mich nie mit einer anderen Frau gesehen. Nur mit ihrer Mom. Aber das wird schon.« Er hat ja keine Ahnung ... Seine Söhne wissen anscheinend von jeder einzelnen Frau, die er je gedatet hat.

»Es hat sich nicht so angehört, als hätten sie ein gutes Verhältnis zu ihrer Mom.«

Er schüttelt den Kopf. »Jetzt nicht mehr. Sie hatten immer ein sehr gutes Verhältnis zu ihr. Aber dann ist sie fremdgegangen und ich hab mich von ihr getrennt. Sie hat angefangen zu trinken und ... ich glaube, sie werfen mir das manchmal vor.«

Ich greife nach seiner Hand. »Es ist nicht deine Schuld.«

Er lächelt ein bisschen wehmütig. »Ich weiß. Es ging nicht. Ich konnte nicht bei ihr bleiben. Aber es tut mir leid, dass meine Jungs so verletzt wurden.«

»Du bist ein toller Dad. Sie lieben und respektieren dich.«

Er nickt. »Sie waren immer meine Priorität.«

»Wieso haben sie bei ihrer Mom gelebt?«

»Sie haben das so entschieden. Lauren war nicht gerade in einer guten Verfassung und Hunter hat einen Helferkomplex. Er wollte seine Mom nicht allein lassen. Und Carey macht, was sein Bruder macht. Ich bin nur froh, dass Hunter zumindest einigermaßen ein gutes Vorbild ist.«

Ich lächel leicht. »Aber hast du nicht gesagt, ihr Verhalten in Miami war nicht das Beste?«

Er grinst. »Ja, aber es war nichts Dramatisches. Hunter hat sich ein paar Mal mit seinem Coach angelegt und musste daher mehrmals nachsitzen. Sie waren auf ein paar Partys, die von der Polizei aufgelöst wurden. Und Carey wurde einmal betrunken erwischt. Ich würd sagen, ganz normale Sachen für Teenager. Es könnte wesentlich schlimmer sein, wenn ich mich in meinem Freundeskreis so umhöre. Manche Kids sind außer Rand und Band. Hunter mag ein Hitzkopf sein, aber er ist besonnen und würde Carey nie in Gefahr bringen.«

»Was, wenn sie mich nie akzeptieren werden?«, frage ich ihn.

Er streichelt meine Hand. »Das wird schon, Sweetie. Gib einfach nicht auf.«

Ich nicke, obwohl ich mir noch nie so sicher war, dass etwas keine Früchte tragen wird ...

# 2

# Hunter

Ich leere mein Bier in einem Zug. Der Alte will mich wohl verarschen. Er ist wohl schon leicht senil. Als er uns von seiner neusten Eroberung erzählt hat, bin ich davon ausgegangen, dass er eine Frau in seinem Alter meinte. Und dann präsentiert er uns ein Mädchen, das selbst noch zur Highschool gehen könnte.

Er ist total in den Fängen der Midlifecrisis. Was anderes kann es nicht sein.

»Hunt, was hältst du von Dads Schlampe?«, fragt Carey und seine Worte sind schon reichlich unsicher.

Ich nehme ihm sein Bier weg. »Das reicht für heute, Kleiner. Wir wollen doch nicht direkt am ersten Abend Dads Regeln brechen.«

Carey lacht. »Wir werden sie auf jeden Fall brechen.«

Ich grinse. »Natürlich.«

»Also, was sagst du zu der Schlampe?«

Ich zucke mit den Schultern. »Es kam überraschend, dass sie halb so alt ist wie er.«

Carey nickt bedächtig. »Was findet sie an einem so alten Kerl?«

»Geld.«

»Meinst du?«

Ich nicke. »Sie ist jung, sie ist heiß, sie könnte es besser treffen.«

»Du findest sie heiß?«

Fuck, das ist mir so rausgerutscht. Ich muss meinem Bruder nicht auf die Nase binden, dass ich die neue Fickpuppe unseres Vaters sexy finde und mir heute Nacht vorstellen werde, dass ihre Lippen um meinen Schwanz geschlossen sind, wenn ich mir einen runterhole. Ich lasse meinen Blick über die anwesenden Mädels schweifen. Vielleicht finde ich eine, die das Ziehen in meinen Eiern heilen kann ...

»Du weißt, was ich meine. Sie sieht ganz gut aus«, versuche ich mich aus der Affäre zu ziehen.

»Aber dass sie so einen alten Kerl seinen Schwanz in sich stecken lässt, macht sie ekelig.«

»Ich will echt nicht über Dads Schwanz nachdenken ...«

Carey lacht. »Fair genug. Hey, die kleine Blonde da checkt dich die ganze Zeit aus.«

»Ihre Titten sind winzig.«

»Naja, aber da könntest du doch vielleicht eine Ausnahme machen.«

Ich grinse ein wenig selbstgefällig. »Wieso sollte ich, wenn jede Schlampe in diesem Raum ihr Höschen für mich ausziehen würde?«

»Jede?«, fragt er nach.

Mit dem unerschütterlichen Selbstbewusstsein eines Siebzehnjährigen, der weiß, wie scheißegeil er aussieht, antworte ich: »Jede.«

Carey schaut suchend durch den Raum. »Was ist mit der da?« Er zeigt auf eine hübsche Rothaarige mit dicken Titten, die gerade so tut, als würde sie mich nicht sehen. Aber dafür müsste sie blind sein.

Ich zucke gelangweilt mit den Schultern. »Okay. Um was wetten wir?«

Seine Augen leuchten auf. »Wenn ich gewinne, tauschst du das Zimmer mit mir, sodass ich Dads nächtliche Aktivitäten mit seiner Schlampe nicht ertragen muss.«

Fuck, das geht gar nicht! Ich kann nicht zuhören, wie er sie fickt. Das wäre einfach abgefuckt. Die Kleine *muss* einfach einwilligen. Da führt kein Weg dran vorbei. Und was ist das für ein kleiner Pisser, dass er solch einen Einsatz auswählt? Gleichzeitig fühle ich aber auch eine Welle von Stolz. Er ist mit fünfzehn schon so cool wie ich. Beinahe.

»Wenn ich gewinne, suche ich dir eine aus, die dich endlich zum Mann macht.« Obwohl ... ist das eigentlich ein Gewinn für mich? Fuck, ich mag den kleinen Bastard.

Er grinst. »Es mangelt ja nicht an Schlampen.«

»Ich hab mit vierzehn die erste gefickt.«

Carey lacht laut auf. »Wenn ich mich an die Laute recht erinnere, hat sie wohl eher dich gefickt. Und nein, es ist in keiner Weise beeindruckend, dass sie schon zwanzig war.«

Ich grinse. »Doch, ist es. Mom hatte dir eine heiße Nachhilfelehrerin ausgesucht.«

»Naja, zu dem Zeitpunkt waren mir ihre Titten egal ...«

»Mir nicht«, sage ich und erinnere mich an das Gefühl von Titten in meinen Händen. Das war das erste Mal, dass ich welche angefasst habe. Tolle Dinger ...

»Die Wette gilt«, sagt Carey und ich trinke mein zweites Bier aus. Mehr als zwei trinke ich nie. Ich will die Kontrolle nicht verlieren. Ich traue Menschen nicht. Sobald du eine Schwachstelle offenbarst, nutzen sie dich schamlos aus. Ich würd mir lieber die Eier abschneiden, als jemand anderem diese Macht über mich zu geben. Und ich liebe meine Eier.

Ich stehe auf und mache mich auf den Weg zu der Bitch. Als ich bei ihr bin, sage ich zu ihrer Freundin: »Hey, Sweetie. Willst du was trinken?«

Sie strahlt mich an und nickt, kann es gar nicht fassen, dass ich sie tatsächlich anspreche. Sie ist zu fett, vor allem an den Oberschenkeln. Das geht gar nicht. Wenn ich nicht an ihre Freundin ran wollte, würde ich sie mit dem Arsch nicht ansehen.

Die beiden Weiber sind ein typisches Beispiel für Frauenfreundschaften. Ein schönes Babe sucht sich immer hässlichere Freundinnen, um richtig zu strahlen. Je hässlicher die anderen, desto hübscher wirkt sie. Was soll ich sagen: Funktioniert.

Aber eines haben hässliche Bitches für sich: Sie sind dankbar für jedes bisschen Aufmerksamkeit, weil sie sonst immer übersehen – oder auch gemobbt – werden. Jeder Mann weiß das. Wenn man einen richtig geilen Blowjob will, muss man sich eine Hässliche suchen, die so froh ist, dass du ihr Aufmerksamkeit schenkst, dass sie alles für dich tun würde. Am Besten noch eine Dicke.

Hübsche Weiber dagegen denken, dass du alles für sie machen musst ... Und wer hat Zeit dafür? Aber es gibt auch für die *Skinny Bitches* ein Geheimrezept: Behandel sie, als wären sie der letzte Abschaum. Das sind sie nicht gewöhnt und auch sie werden für dich auf die Knie sinken.

Das rothaarige Babe wirft mir auch gleich einen irritierten Blick zu. Ich grinse, während ich ihrer Freundin ein Bier besorge. *Showtime.*

Ich reiche ihr den Becher und bringe sie dazu, sich mit mir ein bisschen abseits hinzustellen.

»Ich hab dich noch nie gesehen«, sagt sie und kichert dabei. Manche Frauen können sexy kichern und andere ... nicht. Diese hier kann es nicht und ich bin direkt genervt.

»Ich hab bisher in Miami gewohnt und ziehe gerade erst nach San Diego.«

»Ich hab hier schon immer gewohnt«, antwortet sie.

Innerlich zähle ich von zehn rückwärts, wie lange es dauert, bis ihre heiße Freundin einschreitet. Ich wette mit mir selbst, dass sie bei vier kommt.

Acht.

»Habt ihr hier immer so geile Partys?«, frage ich, obwohl sie reichlich lahm ist. Mein Kumpel Fisher hat auch schon mal bessere Abende organisiert. Oder bin ich jetzt einfach was anderes gewöhnt? Ich mein, die Partys in Miami waren fett. Mom lebt von Dads Kohle und hat nie zu irgendwas nein gesagt. Das Rezept für Desaster, wenn ich es recht bedenke. Aber welcher Teenager will irgendwas bedenken?

Sieben.

»Nun ja. Ich geh nicht so oft auf Partys.« Ach, echt nicht? Hätte ich nie für möglich gehalten.

Sechs.

»Wieso nicht?«

Fünf.

»Wen haben wir denn hier?«, schnurrt mir das rothaarige Babe ins Ohr. Bingo.

»Das gleiche könnte ich dich fragen«, antworte ich und lasse meinen Blick betont langsam über ihren Körper streichen. Ich kneife ein wenig die Augen zusammen, ziehe die Luft harsch ein, als ich ihre Titten betrachte.

Geschmeichelt sagt sie: »Ich bin Liza.«

»Hunter«, antworte ich und ergreife ihre Hand. Ich halte sie einen Augenblick zu lange und lasse meinen Daumen über ihren Handrücken streichen. Das ist doch zu einfach ...

»Ich hab dich noch nie gesehen«, sagt sie verführerisch und klimpert mit ihren Wimpern. Sie schaut mich von unten an. Dieser Blick lässt keinen Mann kalt, weil wir uns immer vorstellen, dass sie vor uns kniet, Schwanz im Mund und dann Blickkontakt sucht. Heißester Scheiß der Welt.

»Bin gerade erst hergezogen.«

Sie spielt mit ihren Haaren, schürzt die Lippen. »Das freut mich.«

Ich beuge mich zu ihr und sage leise in ihr Ohr: »Können wir irgendwo alleine reden?«

Sie nickt, obwohl sie ganz genau wissen muss, was ich von ihr will, und ich folge ihr. Sie geht durch die Hintertür, ein Stück durch den Garten und dann in einen kleinen Schuppen. Ich zucke mit den Schultern. Ist mir eigentlich egal, wo ich sie ficke. Ich hoffe nur, sie schafft es, die Schlampe von meinem Dad aus meinen Gehirn zu vertreiben ...

»Also, Hunter, worüber willst du reden?«, fragt sie.

Ich grinse sie an, lege ihr die Hände auf die Taille. »Das weißt du ganz genau.«

Langsam ziehe ich sie an mich heran. Ihre Hände fallen wie zufällig auf meine Brust und sie streichelt sanft. Meine Lippen finden ihre und es dauert nicht lange, bis ich mit der Zunge in sie eindringe. Sie gibt ein paar übertriebene Sexlaute von sich, stöhnt, als wäre das hier ein Pornoset. Meine Finger drücken sich in ihren kleinen Arsch, drücken sie gegen meinen Ständer, der gar nicht ihr Werk ist. Sie ist dünn, während die Nutte meines Alten ordentlich was auf den Knochen hat. Und trotzdem finde ich sie sehr viel sexier als dieses Gerippe. Sie hat Riesentitten, in die ich nur zu gerne beißen würde, um zu testen, wie saftig die Dinger sind. Aber nun gut. Dann beschäftige ich mich halt mit dieser, während mein Kopf ganz woanders ist.

»Hmmh«, macht sie und ihre Finger finden den Weg unter mein Shirt.

Ich ziehe ihr Kleid runter, umfasse ihre Titten mit meinen Händen, knete sie, necke ihre Nippel, die sich mir entgegen recken und darum betteln, dass ich sie lecke.

Ich hebe sie hoch, setze sie auf den Tisch, der an der Wand steht. Sie öffnet ihre Beine und ich stelle mich zwischen sie. Meine Hand streicht ihr Bein hoch, produziert jede Menge Gänsepelle. Ich schiebe ihr Kleid nach oben und ziehe ihren String zur Seite. Meine Fingerspitzen fahren durch ihre nasse Spalte. Ich stecke meine Finger in ihr Loch, pumpe sie rein und raus. Sie macht sich an meinem Gürtel zu schaffen, öffnet meine Jeans, zieht sie runter, befreit meinen Ständer. Ich hole einen Gummi aus meinem Portemonnaie, streife ihn über.

»Wow, ist der groß«, haucht sie und ich muss mich zusammenreißen, dass ich bei dieser Aussage aus *Der große Almanach des Fickens* nicht laut los lache. Ehrlich. So was ist albern. Wenn der Mann einen großen Schwanz hat, dann weiß er es und braucht es nicht von euch hören. Wenn er einen kleinen Schwanz hat, ist es ihm lieber, wenn die Sprache gar nicht auf die Größe kommt, und eure Aussage sorgt dafür, dass er sich schämt. Also, lasst es.

»Rutsch weiter nach vorne«, sage ich und ziehe sie näher an die Kante. Ich greife mit einer Hand an meinen Schwanz, dirigiere ihn zu der Stelle, an der ich ihn haben will, beuge mich vor, nehme einen Nippel in den Mund und stoße in sie. Sie stöhnt und keucht in den höchsten Tönen. *Newsflash.* Wenn sie so laut ist, ist es meist gefaked. Aber wenn sie es so will, wer bin ich denn, ihr den Spaß zu verderben?

Ich stoße tief in sie, während sie sich an meinen Schultern festklammert. »Oh, Hunter ...«, haucht sie immer wieder.

Eine Hand liegt an ihrem Nacken und die andere an ihrer Hüfte, während ich meinen Schwanz immer wieder in ihr versenke. Und dann kommt das Schauspiel namens Höhepunkt. Ihre Schreie werden spitzer, ihr Keuchen lauter, ihr Stöhnen steigert sich in einem atemberaubenden Crescendo. Sie steht kurz davor, gespielt zu kommen. Was sich perfekt trifft, denn ich bin dabei, *wirklich* zu kommen. Ich stoße härter in sie, spüre, wie sich meine Eier hochziehen, und mit einem Knurren komme ich ins Kondom. Okay, es war ein Grunzen. Sexlaute sind nicht immer die vorteilhaftesten.

Ich ziehe aus ihr raus, wobei ihre Pussy ein schmatzendes Geräusch macht, streife den Gummi ab und knote ihn zu.

»Das können wir mal wiederholen«, sagt sie und streicht an meinem Arm entlang.

»Klar«, sage ich und öffne die Tür für sie. Immer der perfekte Gentleman.

Ich gehe zurück zu Carey, mit einem Abstecher ins Bad, um mein Sperma loszuwerden, während sie zu ihren Freundinnen zurückkehrt. Mein kleiner Bruder schaut mich ehrfürchtig an. Dazu gibt es allerdings keinen Grund. Es braucht nicht wirklich viel, mit irgendwelchen Weibern zu vögeln. Die meisten sind ganz geil drauf, es mit einem gutaussehenden Gesicht zu treiben. Und wenn sie dann auch noch erfahren, dass ich der Footballstar meiner Highschool bin, dann sind sie hin und weg. Ist wie auf Fische im Fass zu schießen.

»Das hat ja nicht lange gedauert«, meint er.

Ich zucke mit den Schultern. »Lang genug. Sie hatte Zeit für ihren gefakten O und ich hab abgespritzt.«

»Woher weißt du, dass er vorgetäuscht war?«

Ich grinse. »Weil es normalerweise mehr braucht, als einfach nur seinen Schwanz reinzustecken. Lass uns gehen. Die Party ist lahm.«

Er nickt und wir machen uns auf den Weg, sagen kurz Fisher Bescheid, dass wir weg sind. Er ist ein Arsch, aber er schmeißt ständig Partys und es ist nirgendwo leichter, Mädels zu vögeln, als auf Hauspartys.

In meinem Zimmer angekommen, lege ich mich nackt aufs Bett. Meine Hand greift fest um mein Lieblingskörperteil, und während ich sie auf und ab bewege, denke ich an warme braune Augen, dunkle, lange und einen Körper mit den geilsten Kurven, die ich je gesehen habe. Mackenzies Titten sind riesig. Vielleicht liegt es daran, dass sie eine echte Frau ist und kein Teenie, aber allein beim Gedanken an ihre Dinger könnt ich kommen. Sie ist nicht zu groß und nicht zu klein, nicht so schlank wie der Typ, den ich normalerweise als Wichsvorlage verwende, aber auch nicht zu dick. Kurvig. Ja, das ist sie. Mit Titten, die mir das Wasser im Mund zusammenlaufen lassen, und einem Arsch, auf den ich gerne meine Hand klatschen will. Fuck, ja. Ich umfasse meinen Schwanz härter, drücke beinahe brutal zu. Und dabei stelle ich mir vor, wie ich ihn in sie ramme. Immer und immer wieder.

Ich denke an die Szene von vorhin, als ich am Kühlschrank lehnte und sie versuchte, all ihren Mut zu finden, um mir zu sagen, was ich tun solle. Das war irgendwie niedlich.

Ich weiß, was ihr denkt. Wieso hole ich mir jetzt zu ihr einen runter, habe sie aber scheiße behandelt? Männliche Gehirne funktionieren erstaunlich. Wir können eine Frau total Scheiße finden und sie trotzdem ficken wollen, weil sie geil aussieht. Kein Problem.

Während meine Hand über meinen Ständer fliegt, stelle ich mir vor, dass ihre vollen, roten Lippen um ihn geschlossen sind und ich ihren Mund ficke. Sie blickt mit ihren Kulleraugen zu mir hoch, sie sind feucht, weil es sich unangenehm in ihrer Kehle anfühlt, wenn ich so fest in sie stoße. Meine Hände sind um ihren Kopf geschlossen, halten ihn still, damit ich gut in sie reinkomme.

Meine Bewegungen werden hektisch. Ich bin kurz davor. Als ich mir dann noch vorstelle, dass ihre kleine pinke Zunge an der Unterseite meines Schwanzes leckt, bin ich da. Mit einem Knurren komme ich über meine Hand und meinen Bauch. Ich bleibe einen Moment liegen, stelle mir vor, wie ihr Mund mit meinem Glibber gefüllt ist. Sie schluckt, lässt aber ein bisschen über ihre Lippen kleckern. Bevor ich wieder hart werde, gehe ich ins Bad, um die Rotze abzuwaschen.

Ich hoffe, dass ich nicht das ganze nächste Jahr zur Schlampe meines Vaters wichse ...

Ich wache früh auf. Mein Mund ist trocken. Ich ziehe meine Boxershorts an, um in die Küche zu gehen. Aus dem Kühlschrank nehme ich eine Flasche Wasser und trinke in gierigen Schlucken.

»Ähm ...«, räuspert sich jemand hinter mir leise. Mein Schwanz wird sofort hart, als ich ihre Stimme höre. Wie gut, dass ich hinter der Kücheninsel stehe. Ich drehe mich zu ihr um.

Sie lächelt schüchtern. »Guten Morgen.«

Sie trägt Shorts und ein Tanktop, aus dem ihre Titten beinahe rausfallen, ihre Haare sind in einem unordentlichen Knoten auf ihrem Kopf aufgetürmt und sie trägt eine Brille mit schwarzem

Gestell. Als sexy Bibliothekarin würde sie sich gut machen ... Shit, solche Gedanken bringen meinen Schwanz nicht dazu, sich wieder zu beruhigen.

Ich starre sie nur an, sage aber kein Wort. Okay, ich starre ihre Titten an.

Sie wird unruhig, schaut auf den Boden. »Ähm, ich mein, hast du ... hast du gut geschlafen?«

Ist das ihr Ernst? Ich behandel sie wie ein Arsch und sie versucht noch Konversation zu betreiben? Versteh einer diese Weiber. Es scheint ja gerade so zu sein, dass sie darum betteln, schlecht behandelt zu werden ...

»Ich wollte Frühstück machen. Eier und Speck, okay?« Sie geht an den Kühlschrank, sucht nach den Sachen.

Was mich an meine Eier denken lässt, die sich nichts mehr wünschen, als von ihren Lippen gelutscht zu werden.

»Was ist dein Lieblingsfrühstück?«

Ich ziehe eine Augenbraue hoch, sage aber immer noch kein Wort.

»Ich ... Hunter ... ich versuche es, okay? Ich will keine schlechte Stimmung. Ich will euch kennenlernen. Euer Dad ist mir wichtig. Ich ...«

Was soll das Gebrabbel? Ich trete hinter der Kücheninsel hervor, scheiß auf den Ständer. Ich trete nah an sie heran. »Wenn du deinen Mund in meiner Gegenwart noch einmal öffnest, dann nur um meinen Schwanz zu lutschen. Was du zu sagen hast, interessiert mich nicht.«

Sie schluckt und ich sehe Schmerz über ihr Gesicht huschen. Sie schaut zum Kühlschrank, ihre Hände zittern. Ihr Kopf nickt leicht, eine Träne löst sich aus ihrem Augenwinkel. Sie wischt sie ungeduldig weg und dreht sich dann um.

Sie sucht nach einer Schüssel, schlägt Eier hinein. Ihr fällt die Gabel runter. Sie flucht leise, bevor sie eine neue nimmt, um die Eier zu verrühren.

In mir flammen Schuldgefühle auf, die ich aber schnell niederboxe. Sie ist eine Goldgräberin. Es kann gar nicht anders sein. Warum sonst sollte so eine heiße Frau mit einem alten Mann zusammen sein?

Ich gehe betont gelangweilt aus der Küche. Als ich im Flur stehe, muss ich erst mal durchatmen. Ich komme mir gerade wie in einem schlechten Film vor. Echt ... Wer sagt so einen Scheiß? Ich ganz offensichtlich. Irgendwelche Synapsen müssen durchgeschmort sein. Ich hab noch nie absichtlich eine Frau so niedergemacht. Klar, manche Weiber labern nur Müll, aber dann geh ich weg. Ich hab nie zuvor wissentlich und willentlich eine Frau verletzt und es kotzt mich an.

»Hey, Hunt«, sagt mein Vater, als er die Treppe runterkommt.

Ich nicke ihm nur zu. In einer Minute wird er aus der Küche stürmen, es wird Qualm aus seinen Nüstern kommen und er wird mich zurück nach Miami schicken. Die geeignete Strafe für insolente kleine Ärsche.

»Hey, Sweetie«, höre ich ihn sagen. Dann ist einen Moment Ruhe, wahrscheinlich hat er ihr die Zunge in den Hals gesteckt. Der Gedanke lässt Galle hochsteigen.

»Ich hab gedacht, ich mache Frühstück«, sagt sie und ihre Stimme klingt ganz normal. »Was essen deine Söhne gerne?« Hat sie sie noch alle? Sie versucht immer noch, sich einzuschleimen? Sie hat es doch nicht anders verdient ...

Aber dann frage ich mich, wie es wäre, wenn sie mit mir reden und ihre Stimme ganz normal klingen würde. Ohne Angst, ohne Unsicherheit. Als wäre ich der Mann, dem sie vertraut, dem sie nichts vorspielt. Ganz offensichtlich fühlt sie sich wohl mit meinem Dad, fürchtet ihn nicht. Und ich? Ich bin der Pisser, der ihr Scheiße an den Kopf wirft und sie ängstigt.

Und dann denke ich daran, dass meine tolle Mom sich plötzlich in eine schlechte verwandelt hat, weil man Vater sie verlassen hat. Während sie im Suff lebt, einen Mann nach dem anderen über sich rutschen lässt, führt er uns hier seine neue Schnalle vor. Ich weiß auch, dass sie nichts dafür kann, aber auf meinen Dad *kann* ich nicht sauer sein. Daher muss sie dran glauben.

Ich laufe nach oben, ziehe eine Trainingshose und ein Shirt über, schnüre meine Nikes. Ich suche nach meiner Jogging-Playlist auf meinem MP3-Player und stecke die Stöpsel in die Ohren. Was ein beschissener Start in den Tag. Ich wünschte, mein Dad hätte sie nie getroffen.

# 3

# Mac

Ich lehne mich an Carter, innerlich noch aufgewühlt von der Begegnung mit Hunter. Ich weiß auch nicht, warum ich ihnen gegenüber nicht die selbstbewusste Frau sein kann, die ich eigentlich bin. Ich lasse mir schon lange keinen Scheiß mehr gefallen, aber bei ihnen ... Ich will, dass sie mich mögen. Welche Zukunft hat meine Beziehung mit Carter, wenn seine Kinder mich nicht leiden können? Im Zweifelsfall wird er sich immer für sie entscheiden.

Ich liebe ihn. Ich will ihn nicht verlieren. Er ist ein toller Mann und er liebt mich auch.

»Hmmh, Sweetie, du bist ganz schön kuschelig heute Morgen«, flüstert er mir ins Ohr und zieht mich enger an sich. Ich hebe mein Gesicht an, stelle mich leicht auf die Zehenspitzen. Er lächelt liebevoll und drückt seine Lippen dann gegen meine.

Als wir uns trennen, streichelt er über meine Wange. »Also, was kochst du?«

»Eier und Speck, Pancakes und Obstsalat, habe ich gedacht. Nicht gut?«

»Doch, sehr gut. Aber wenn du die beiden zu sehr verwöhnst, werden sie das täglich erwarten.« Er gibt mir einen leichten Klaps auf den Hintern und holt eine Tasse aus dem Schrank. Er schüttet sich Kaffee ein und sieht mir zu, wie ich die Eier und die Pfannkuchen brate. Der Bacon ist in der Mikrowelle, so wird er schön knusprig ohne all das Gespritze.

Ein paar Minuten später kommt Carey runter. »Hey, Sohn«, begrüßt ihn Carter gutgelaunt.

»Hey, Dad«, sagt er und blickt mich dann ein bisschen missmutig an, bevor er sagt: »Hey, Mackenzie.«

»Guten Morgen«, sage ich fröhlich. »Was möchtest du trinken? Kaffee? Orangensaft?«

Er schaut mich irritiert an. »Kaffee.«

Ich nehme eine Tasse aus dem Schrank, schenke ihm ein. »Milch und Zucker?«

Er schüttelt den Kopf, grummelt ein *Danke*, zumindest denke ich, dass er das gesagt hat.

Er setzt sich neben Carter auf einen der Hocker an der Kücheninsel und trinkt in Ruhe. Man kann ihm quasi beim Aufwachen zusehen.

»Ihr wart gestern pünktlich. Bin beeindruckt«, meint Carter und wuschelt seinem Sohn durch die Haare.

»Dad, meine Frisur!«, sagt dieser und schüttelt ihn ab. Dabei gehe ich jede Wette ein, dass seine blonden Haare heute noch nicht mal eine Bürste gesehen haben.

»Oh, entschuldige. Was habt ihr heute geplant? Wo ist Hunter?«

»Joggen. Wir wollten an den Strand. Fisher und so sind auch da.«

Carter schaut mich an. »Strand hört sich gut an. Was sagst du dazu, Sweetie?« Carey schaut ihn entsetzt an und Carter fügt hinzu: »Wir werden an einer ganz anderen Stelle als ihr sein, keine Sorge.«

Erleichterung macht sich auf Careys Gesicht breit und ich muss schmunzeln. Ich drehe mich schnell weg, damit sie es nicht sehen. Ich hole Geschirr aus dem Schrank, decke den Tisch auf der Terrasse und bringe dann das Essen hinaus.

Carey und Carter setzen sich hin. Sie greifen herzhaft zu.

»Wollen wir nicht auf Hunter warten?«, frage ich.

Sie schütteln beide den Kopf. »Der kann Stunden weg sein«, meint Carey mit Pancakes im Mund.

*Okay, dann haben wir heute eben mal keine Manieren*, denke ich und häufe Eier und Obstsalat auf meinen Teller. Und ein Stückchen Speck. Naja, vielleicht fünf ...

»Hast du mit Mom gesprochen?«, fragt Carey seinen Dad. Er will cool wirken, aber in diesem Moment wirkt er wie der halberwachsene Junge, der er ist.

Carter schluckt runter, bevor er sagt: »Hab ich. Sie will mehr Alimente.«

Ich ziehe die Stirn kraus. Das macht keinen Sinn. Wieso sollte sie mehr Geld bekommen, wenn ihre Söhne nicht mehr bei ihr wohnen?

»Tust du es?«, fragt er unsicher.

Carter legt ihm die Hand auf die Schulter. »Natürlich, Junge. Ich lass euch nicht in Miami, wenn ihr da nicht sein wollt.«

Carey sieht erleichtert aus. Er will was sagen, wirft mir einen Blick zu. Ich verstehe, er will es nicht vor mir sagen. »Ich hol mir noch einen Kaffee. Wollt ihr auch noch welchen?« Sie nicken beide und ich gehe in die Küche. Ich beschäftige mich ein paar Minuten, bevor ich wieder rausgehe, die Kanne in der Hand.

Sie reden gerade über ein neues ... ja, was? Computerspiel? Auto? Ich weiß es nicht, aber sie sind beide in ihr Gespräch vertieft.

»Mac spielt auch manchmal«, sagt Carter gerade. Ich schaue ihn fragend an und er ergänzt: »Videospiele.«

Ich winke ab. »Nur *Super Mario*.«

»Das ist total out«, wirft Carey ein.

Ich nicke. »Als ich so alt war wie du, war das *das* Spiel.«

»Wann war das?«, fragt Carey. »Gestern?«

Ich lächel leicht. Es ist doch schon mal ein Anfang, oder? Er macht Witze mit mir. Vielleicht ist bei ihm noch nicht alles verloren ...

»Schon ein paar Tage länger«, antworte ich, als Carter sagt: »So jung ist sie auch nicht.«

Carey grinst frech. »Wann kaufst du dir eigentlich einen Porsche?«

Sein Dad schaut irritiert. »Wieso sollte ich?«

»Kein besonderer Grund«, meint Carey gespielt nonchalant, wobei er mir aber einen Blick zuwirft, der mir zeigt, dass es doch kein Anfang ist. Er hasst mich. Und die Wahrscheinlichkeit ist groß, dass er es immer tun wird.

Ich schlucke, versuche mir nicht anmerken zu lassen, dass es mir wehtut.

In dem Moment kommt Hunter verschwitzt durch das Gartentor herein.

»Noch Frühstück da?«, fragt er und setzt sich auf den noch freien Platz.

»Ähm, ja, Pancakes«, sage ich und reiche ihm den Teller.

»Eier und Speck?«

Ich starre auf die beiden leeren Teller. »Drinnen ist noch was.« Ich springe auf. Carter will mich aufhalten, aber irgendwie kann ich meine masochistische Reise zur Anerkennung noch nicht aufgeben.

In der Küche schlage ich noch ein paar Eier in die Pfanne und lege Bacon in die Mikrowelle. Ich häufe alles auf einen Teller, schütte ihm ein Glas Orangensaft ein und bringe es raus.

Carter schaut mich aus zusammengekniffenen Augen an. »Hast du ihm die Eier frisch gebraten?«

Sie schauen alle drei zu mir. Carter ungläubig, Carey abschätzig und Hunter ... Keine Ahnung, was sein Gesichtsausdruck besagt. Er hat es drauf, sein Gesicht zu einer blanken Maske zu verziehen. Ich stelle den Teller und das Glas vor ihn, er murmelt *danke* und inhaliert dann das Essen.

Carter greift nach meiner Hand, streichelt die Knöchel. »Er kann sich auch selbst Frühstück machen.«

»Ach, kein Ding«, winke ich ab und interessiere mich plötzlich für den Stoff meiner Shorts.

Drinnen klingelt das Telefon und Carter steht auf. Als er drinnen ist, wirft mir Carey einen eiskalten Blick zu. »Einschleimen nützt nichts, Miststück.«

»Carey«, sagt Hunter warnend. Ich frage mich, warum er mich plötzlich verteidigt. Was soll der Sinneswandel?

»Was?«, fragt Carey.

Hunter lehnt sich zurück, trinkt seinen Orangensaft in einem Zug leer, lässt mich dabei nicht aus den Augen. »Solche Taktiken ziehen bei so einer nicht.«

Auf Careys Gesicht erscheint ein böses Grinsen. »Was schlägst du vor?«

Mir gefällt die Richtung nicht, die dieses Gespräch genommen hat. Und wieder einmal trete ich nicht für mich selbst ein. Alles in meinem Inneren will ihnen Kontra geben, ihnen zeigen, dass sie mich nicht durch die Gegend schubsen können. Aber meine Lippen sind zusammen geklebt, weigern sich, sich zu bewegen. Ein Kloß in meinem Hals verhindert, dass sich Worte formen können.

Stattdessen stehe ich auf, räume das Geschirr zusammen und fliehe in die Küche, kann ihre gehässigen und abschätzigen Worte hinter mir hören. Sie amüsieren sich, dass ich so schwach bin ... Tränen der Wut steigen in mir auf. Ich lasse mich nicht niedermachen. Das bin nicht ich. Ich hab das hinter mir gelassen. Das Gefühl, nicht genug zu sein. Die Gedanken, selber Schuld zu sein. Das Wissen, dass ich meine Schwester nicht beschützen konnte.

Ich stelle das Geschirr ab, laufe nach oben in unser Schlafzimmer, hole meine Sportklamotten. Ich schaue kurz in Carters Arbeitszimmer, sage ihm, dass ich zum Sport fahre. Er nickt kurz, bevor er sich wieder seinem Telefonat widmet. Ich hüpfe in mein Auto, es ist pink.

Ich drehe die Musik auf, Linkin Park, und rase beinahe zum Fitnessstudio.

»Hey, Mac«, ruft mir Shane zu, als ich reinkomme. »Ich wusste gar nicht, dass du heute kommst.«

»Hatte ich nicht vor, aber ich brauche ein bisschen ... Erleichterung.«

Er nickt, versteht, was ich meine, weiß von den Dämonen, die in mir leben und die ich Tag für Tag besiege.

Mit achtzehn bin ich nach San Diego gekommen. Ich hatte ein Stipendium für die Uni und war froh, aus meinem kleinen Loch in Iowa fliehen zu können. Einem Ort, der keine guten Erinnerungen enthält. Ich war so voller Wut auf alles, auf die Menschen, auf mein Leben, auf meine Geschichte. Ich explodierte wegen Kleinigkeiten, weil alles so unfair war. Ich sehnte mich so nach Gesellschaft, aber wenn sich jemand für mich interessierte, schob ich sie immer wieder weg. Sechs Monate, nachdem ich mein supertolles neues Leben begonnen hatte, war ich genauso einsam wie vorher in *the Middle of Nowhere.*

An einem Nachmittag kam ich an Shanes Fitnessstudio vorbei. Von außen konnte man nicht erkennen, was es ist. Über dem Eingang hing nur ein Schild. *Free at last.* Diese Worte brachten tief in mir etwas zum Schwingen. Sie waren genau das, was ich erreichen wollte. Freisein. All den Scheiß, den ich erlebt hatte, hinter mir zu lassen und eine Chance auf ein neues, ein *echtes* Leben zu haben. Nicht mehr nur der Schatten meiner selbst zu sein, eine leere Hülle, sondern ein ganz normales achtzehnjähriges Mädchen.

Also klingelte ich und Shane öffnete die Tür. Er lächelte mich an, bat mich herein und zeigte mir, was sich hinter dem Namen verbarg. Es ist ein Fitnessstudio, aber nicht das, was man so kennt. Keine muskelbepackten Kerle, die mit den Hanteln vor dem Spiegel hantieren. Hier trainieren Frauen. Es geht nicht hauptsächlich um Fitness, sondern um *Empowerment*, darum, Frauen, die Schlimmes erlebt haben, ein neues Leben zu ermöglichen. Durch Sport und durch Therapie. Daher gibt es nicht nur Trainer, sondern auch Therapeuten.

Ich weiß nicht, wie es anderen geht, aber für mich war es Gold wert. Meine Aggressionen habe ich beim Boxen abgebaut und gleichzeitig zum ersten Mal über all das geredet, was mir passiert ist. Es ging nicht über Nacht, aber irgendwann war diese Wut in mir verschwunden. Irgendwann habe ich verstanden, dass es nicht meine Schuld gewesen ist, dass ich nichts getan habe, um zu verdienen, was geschehen ist.

Nach einem Jahr habe ich mein Hauptfach gewechselt und arbeite jetzt als Therapeutin hier. Weil ich anderen Frauen ebenso helfen will, wie mir geholfen wurde. Wie Shane mir geholfen hat. Ohne ihn ... Wer weiß, wo ich heute wäre?

Ich ziehe mich um und gehe dann in den großen Raum.

»Jean startet gleich einen Kickboxkurs, wenn du willst«, sagt Shane hinter mir.

»Darf ich Jean verprügeln?«, scherze ich.

Shane lacht leise. »Tu dir keinen Zwang an, aber wenn du dir die Hand brichst, weil du in den steinharten Kerl geboxt hast, ist das kein Arbeitsunfall.«

Ich grinse und blicke zu Jean, der gerade zu uns rüberkommt. Er umarmt mich zur Begrüßung, wobei er sich weit zu mir runterbeugen muss. Er ist stattliche zwei Meter fünf, wiegt hundertzwanzig Kilo. Er ist ein Berg von einem Mann. Er ist ein ehemaliger MMA-Fighter. Am Anfang hatte ich schon ein bisschen Angst vor ihm, aber er ist ein echtes Goldstück. Wie alle Trainer und Therapeuten hier glaubt er an das, was er tut. Seine Frau war mit ihren Freundinnen in einer Bar, wurde unter Drogen gesetzt und vergewaltigt. Die Täter wurden nie gefunden. Weil er gemerkt hat, dass er ihr nicht helfen kann, dieses Erlebnis zu verarbeiten, hat er nach Wegen gesucht, die das können. So ist er auf Shane gestoßen.

Er hat Sheila hierher gebracht, und weil es ihr geholfen hat, hat er angeboten, Kurse zu geben. Mittlerweile ist er Vollzeit als Trainer angestellt, während Sheila am Empfang arbeitet. Die beiden sind nur eine der Erfolgsgeschichten von *Free at last*. Und ich meine tatsächlich sie beide, denn Jean war ein Wrack. Er hat sich Vorwürfe gemacht, weil er seine Frau nicht beschützt hat, Vorwürfe, dass er sie nicht rächen konnte, Vorwürfe, dass er ihr nicht helfen kann, Vorwürfe über Vorwürfe. Denn das muss einfach klar sein. Eine Vergewaltigung ist nicht etwas, das nur die Frau betrifft, der es passiert. Es berührt auch die Menschen, die sie lieben. Und ganz besonders Ehemänner, Verlobte und feste Freunde.

In unserer Gesellschaft wird Männern gesagt, dass es ihre Verantwortung sei, ihre Frauen zu beschützen. Wenn sie es nicht können, haben sie versagt. Es fällt ihnen schwer, zu rationalisieren, dass sie oftmals gar nichts tun können. Wie kannst du jemanden beschützen, wenn du nicht einmal da bist? Und was ist die Lösung? Rundumbewachung?

Jean und Sheila sind beide eine Erfolgsstory. Sheila hat eine Möglichkeit gefunden, sich nicht durch das Erlebte definieren zu lassen. Jean hat gelernt, dass es nicht seine Schuld war, sondern nur die dieses kranken Arschlochs.

»Kommst du in meinen Kurs?«, fragt er.

»Ich lasse mir doch die Chance nicht entgehen, dir in den Arsch zu treten«, scherze ich.

Er lacht. »Ich bin mir nicht sicher, ob du mit dem Bein so hochkommst, Kleine.«

»Hey«, sage ich und haue ihm spielerisch gegen die Schulter. »So klein bin ich nicht.«

Sheila lacht hinter mir. »Nein, Süße, das liegt nicht an dir. Es liegt nur daran, dass dieser Kerl so lächerlich groß ist.«

Sie kuschelt sich gegen seine Seite und er schlingt seinen Arm um sie. Die beiden sind ein Bilderbuchpaar. Ich seufze leise und sie lachen. Shane stößt seine Schulter gegen meine und grinst vielsagend.

Ich hebe beide Hände. »Hey, ich kann nichts dafür, dass die beiden so süß zusammen sind.«

»Wen nennst du hier süß?«, fragt Jean grollend. »Ich sehe gleich hundert Liegestütze von dir und komm mir nicht mit der Frauenversion.«

Ich salutiere scherzhaft. »Aye, aye, Captain.«

Er grinst, küsst seine Frau und wir gehen gemeinsam in den Kursraum.

Und dann beginnt das Training. Wie versprochen lässt er mich hundert Liegestütze machen, während alle anderen um mich herumstehen. Vielen Dank auch Jean! Aber es tut gut, weil sie mich anfeuern, mir helfen, diese Qual zu bestehen, auch wenn meine Arme zu Gelee werden. Auch wenn meine Muskeln anfangen zu zittern. Sie zählen mit und jubeln dann, während ich ermattet am Boden liege. Jean zieht mich lachend hoch.

»Gut gemacht, Kleine. So, und jetzt los.«

Er lässt uns endlose Kombinationen boxen und treten. Immer abwechselnd ist der Kurs Theorie und Praxis. Heute ist er Theorie und weil er weiß, dass meine Arme kaputt sind, meckert er nicht mit mir, wenn ich die Schläge nur mit halber Kraft ausführe. Und ich bin ihm dafür so unendlich dankbar.

Nach dem Kurs gehe ich noch aufs Laufband. Eigentlich wollte ich meinen Frust rausboxen, aber meine Arme wollen nicht mehr. Also kann ich der Wut nur davon laufen. Immer schneller und schneller.

Danach fühle ich mich besser und nach einer Dusche gleich noch mal so gut. Ich verabschiede mich von meinen Freunden und Kollegen. Als ich wieder nach Hause komme, kommt Carter gerade die Treppe runter.

»Hey, Sweetie, Lust auf den Strand?«, fragt er und küsst mich auf den Mund. Ich erwidere seinen Kuss, schmelze gegen ihn. Er grinst und schlingt seine Arme fest um mich.

»Hmmh, das mag ich«, murmel ich, als er beginnt, meinen Hals zu küssen.

Er lacht und löst sich. »Strand?«

Ich nicke, hole meine Sachen und wir fahren ans Meer. Es weht eine leichte Brise, ansonsten ist es vor allen Dingen heiß. Wir breiten unsere Handtücher aus und cremen uns gegenseitig den Rücken ein. Carter ist nicht so ein Wasserfan wie ich und daher hüpfe ich alleine in die Fluten. Es ist erfrischend, die Wellen plätschern leicht. Nicht unbedingt Badetemperatur, aber wenn man nicht zu verfroren ist, kann man auch in das kalte kalifornische Wasser. Immerhin hat es zu dieser Jahreszeit schon 22 Grad. Ich schwimme ein Stück raus und lege mich auf den Rücken, lasse mich treiben. Ich bin so froh, dass ich am Meer lebe. Nicht direkt, aber so nah, dass ich jeden Tag an den Strand könnte, wenn ich wollte. Es ist herrlich.

Als ich aus dem Wasser steige, sehe ich, dass Carey und Hunter bei ihrem Vater sind. Märchen vorbei.

# 4

# HUNTER

Ich wusste, dass sie nicht weit sein kann, wenn mein Vater hier in der Sonne brutzelt. Aber ich hatte nicht mit dieser Erscheinung gerechnet. Sie kommt wie ein Bondgirl aus dem Wasser. Die dunklen, langen Haare feucht, überall Wassertropfen, die von ihrer gebräunten Haut perlen. Mein Blick ist an ihr festgeklebt. Ihre Titten, die angezogen ja schon der Wahnsinn sind, sind so leicht bekleidet noch dreimal so heiß. Sofort kommt in mir der Wunsch auf, sie zu lecken und zu küssen und zu drücken und zu beißen. Fuck, ich will diese Titten in meinem Mund haben! Ich spüre, wie ich hart werde, und setze mich so, dass es nicht auffällt.

Mein Blick wandert über ihren Bauch, der weich und soft ist, aber nicht schwabbelig. Weiblich. Mein Blick gleitet über ihre langen, sexy Beine, bevor er sich zwischen diese heftet und ich mich frage, wie ihre Pussy aussieht. Ist sie nackt, ein kleiner Streifen Haare? Ich hoffe, sie hat nicht mehr. Ich will keine Haare im Mund haben, wenn ich sie lecke.

Man sieht ihr an, dass sie unsicher ist. Wäre ich auch, wenn ich zu zwei so Bastarden komme, die jedes einzelne Gramm Fett als Munition verwenden werden. Sie lächelt schüchtern. Ich schaue zu Carey. Komischer Kerl. Ihn lässt der Anblick vollkommen kalt. Er kann seine Gefühle nicht verbergen, aber auf seinem Gesicht sehe ich nur Ablehnung.

»Hey, Sweetie«, sagt mein Dad lächelnd. Er mag sie wirklich, stelle ich fest. Umso mehr ärgert es mich, dass sie ihn nur benutzt.

Ein kleiner Hund kläfft sie von hinten an und sie dreht sich um. Fuck! Nicht nur, dass ihr Arsch scheißegeil ist, auch hat sie das heißeste Tattoo, das ich je gesehen habe. Über die linke Seite ihres Rückens zieht sich ein feines Geflecht aus Spitze und Rosen mit Dornen. Ich frage mich, was die Bedeutung ist. Denn ein solches Tattoo hat eine Bedeutung.

Sie kniet sich hin, streichelt die kleine Töle und lacht. Das ist ein Sound, der sofort in meinen Schwanz schießt. Ich werde mich heute nicht mehr hier wegbewegen können. Jede Mutter an diesem verfickten Strand wird die Polizei rufen, wenn ich meine Latte spazieren führe.

Sie setzt sich neben Dad und er streichelt über ihre Hand. Ich sehe, dass sie am Handgelenk auch noch ein Tattoo hat. Irgendwelche Schrift. Ich kann es nicht erkennen. Sie beugt sich zu ihrer Tasche und gestattet mir einen Blick in ihr beeindruckendes Dekolleté. Ich wünschte, das Band um ihren Nacken würde reißen...

Sie greift nach ihrer Uhr und zieht sie an, sodass das Tattoo verborgen ist. Absicht? Zufall?

»Da ihr gerade alle hier seid ... Ich muss morgen für vier Tage nach New York«, sagt Dad gerade.

Ich blicke zu Carey und sehe es in seinen Augen böse funkeln. Vier Tage lang haben wir Zeit, sie rauszuekeln. Wenn wir Glück haben, ist sie dann Geschichte.

Ich schaue zu ihr. Sie hat den Blick gesenkt. Sie scheint doch nicht so dumm zu sein, denn sie hat ganz genau verstanden, was das für sie heißt. Ich kann den leichten Geruch nach Angst vernehmen. Carey wittert ihn auch. Er beugt sich leicht nach vorne und ich sehe, dass er bereit für die Jagd ist.

»Keine Partys, Hunter. Und ihr tut, was Mackenzie sagt. Habt ihr das beide verstanden?« Er schaut uns beiden fest in die Augen, bis wir nicken. Fuck, als würde ich tun, was die Bitch sagt. Sie kann meine Befehle entgegennehmen, und der erste lautet, sich hinzuknien und den Mund zu öffnen.

Ob Dad sie blasen lässt oder ihren Mund fickt? Ich schüttel den Kopf, um den Gedanken zu verscheuchen. Ich will mir meinen Alten ganz sicher nicht beim Sex vorstellen. Ekelig.

»Seid ihr heute Abend da?«, fragt er gerade.

Carey wirft mir einen Blick zu. Er wartet immer auf meine Entscheidung, bevor er seine trifft. Ich schüttel den Kopf. »Wir bleiben hier.«

»Okay«, sagt er. »Ihr seid um Mitternacht wieder da. Du kannst mein Auto haben, während ich weg bin. Wenn ich wiederkomme, kaufen wir dir einen eigenen.«

Ich grinse. In Miami hatte ich auch einen Wagen, aber den habe ich zurückgelassen. »Was ist mein Budget?«

Dad zuckt mit den Schultern. »Überleg einfach, was du haben willst.«

Carey lacht. »Dann will er einen Hummer.«

Ich ziehe amüsiert die Augenbraue hoch. »Das ist doch eher das Auto, das du haben willst.«

»Nicht mal mehr ein Jahr«, sagt er und reißt seine Faust nach oben. Ich knocke meine gegen sie und er grinst. So ein Spinner.

»Hunter ist kein Hummertyp«, meint Dad.

»Was bin ich denn?«, frage ich neugierig. Mal schauen, wie gut Dad mich kennt.

Er schaut mich belustigt an, als würde er denken, dass er natürlich weiß, was mir gefällt. »Du willst was Deutsches.« Er kneift die Augen ein wenig zusammen. »BMW. M3 oder so was.«

Ich nicke langsam. Das hätte ich dem Alten gar nicht zugetraut. »Damit liegst du schon ganz gut. Ist das im Budget?«

»Klar.« Geld hat noch nie eine große Rolle bei uns gespielt. Dad ist nicht geizig. Wir bekommen immer, was wir wollen, solange wir nach den Regeln spielen, die lauten: Gute Noten, keinen Ärger machen. Carey und ich fanden das immer fair.

Die Bitch hat sich ein Shirt übergezogen, sodass mein Schwanz wieder zur Ruhe kommt. Zeit zu gehen.

Mit Carey im Schlepptau laufe ich zu unseren Freunden zurück, weit weg. Wir haben den Platz absichtlich so gewählt, weil wir keinen Bock hatten, im Blickfeld des Alten zu sein. Mir sind die weiblichen Blicke bewusst. Nicht nur Mädels in meinem Alter, auch ältere Frauen schauen mir hinterher. Ich hatte nie das Bedürfnis, das Boytoy einer gelangweilten Hausfrau zu sein. Außerdem gibt es genug Gleichaltrige, die gerne die Beine für mich öffnen. Kein Bedarf an Zellulite und Schwangerschaftsstreifen. Mac dagegen ist eine ganz andere Geschichte. Aber sie wäre ja auch mein Spielzeug ...

Sobald wir dort ankommen, schmeißt sich Liza an mich. Sie umarmt mich, presst ihre Titten gegen mich. Alle anwesenden Weiber, auch die in festen Beziehungen – oder gerade die –, schauen sehnsüchtig zu mir. Ich weiß, was ihr jetzt denkt. Ich bin nicht eingebildet. Ich kenne nur meinen eigenen Wert. Das solltet ihr auch versuchen, denn dann würdet ihr auf solche Typen wie mich nicht reinfallen. Okay, streicht das ...

»Hey, Hunter«, sagt sie verführerisch in mein Ohr.

Ich tätschel ihr den Hintern und sie presst sich enger an mich.

»Hey, Hunt. Wer ist denn die geile Schnalle bei deinem Dad?«, ruft Fisher.

Ich zucke mit den Schultern. »Seine aktuelle Goldgräberin.«

Fisher lacht. Er hat auch so ein Exemplar zu Hause. »Macht sie das jetzt zu deiner Stiefmommy?«

Jensen grinst. »Ist das nicht der Titel eines Hardcorepornos? *Verführt von der Stiefmommy*.«

Fisher reicht mir ein Bier und lässt dann seine Flasche gegen meine klingen. »Stiefmonster ist das einzige, was bei so Weibern passt.«

Ich zucke mit den Schultern. »Man kann es dem Alten nicht vorwerfen. Die aktuelle Fickpuppe hat Riesendinger. Da schaltet das Gehirn schon mal aus.« Ich sage lieber nicht, dass meines bei ihr auch aussetzt. Es sollte aber auch verboten sein, so scharf auszusehen. Ich bin mir sicher, dass sie das alles nur tut, um mich zu quälen ...

Liza küsst meine Schulter, streichelt meinen Oberkörper entlang. Ich habe einen Arm um sie geschlungen, die Hand liegt auf ihrem Arsch, in ihrem Bikinihöschen. Ich trinke aus meiner Flasche.

»Wie kannst du sie geil finden, wenn sie doch nichts weiter als eine Schlampe ist?«, fragt Carey abfällig.

»Einfach«, meint Fisher. »Er hat halt Augen im Kopf.«

Damian wirft ein: »Aussehen und Charakter passen meist nicht zusammen. Erinnert ihr euch an Molly?«

Sie alle nicken. Molly war Damians Nachbarin. Sie war dick, hatte eine Hornbrille und war nicht besonders hübsch, aber sie war das netteste Mädchen, das wir kannten. »Sie war klasse«, sage ich.

Damian nickt. »Das war sie. Nichts zum Ficken, aber ein Herz aus Gold.«

Ich werfe ein: »Dagegen will man von den meisten Schlampen, die man fickt, keinen Ton hören, weil sie einfach nur dumm sind. Wenn ich noch einmal Gemecker über die beste Freundin höre, laufe ich Amok.« Ich weiß, ich weiß. Ich halte genau so ein Mädchen im Arm, während ich solchen Scheiß verzapfe. Aber es ist ja nun mal so, dass die heißen, populären Mädchen meist einen Scheißcharakter haben. Während Mädels wie Molly toll sind. Aber Teenagerjungen sind viel zu oberflächlich, um sie überhaupt wahrzunehmen. Wir alle fanden Molly toll, aber keiner von uns wäre auf die Idee gekommen, mal mit ihr auszugehen. Ich bin nicht gerade stolz darauf, dass ich genau so ein Arschloch bin wie jeder andere Siebzehnjährige. Aber es ist, was es ist. Ich schiebe es auf die Hormone. Es ist also ganz natürlich, dass man sich nur mit Weibern paaren will, die heiß sind.

»Hunter«, jammert Liza in mein Ohr.

»Was?«, frage ich genervt.

»Können wir gehen?«

»Ich unterhalte mich mit meinen Kumpels.«

Sie streichelt über meine Brust. »Ich könnte deinen Schwanz lutschen.«

Okay, wenn ein Mädchen das zu dir sagt, dann lässt du alles stehen und liegen und sorgst dafür, dass du ihn ihr tief in den Rachen steckst. Weiber wissen das. Sie wissen, wie fixiert Männer auf ihre Schwänze sind, das nutzen sie aus. Ich wette tausend Dollar, dass sie den Mund nicht aufmachen wird, wenn ich sie jetzt irgendwohin bringe, wo wir ungestört sind.

»Du kannst ihn mir später lutschen«, sage ich laut genug, damit alle es hören. Sie ist der klettige Typ Frau. Wenn man sie lässt, beginnt sie nach dem ersten Date, die Hochzeit zu planen. Es ist besser, sie gleich in die Schranken zu weisen.

Sie wird ein wenig rot, während meine Kumpels lachen.

Ich trinke mein Bier. Wenn sie so etwas mit mir machen würde, würde ich sie stehen lassen. Aber sie? Nein, sie kuschelt sich enger an mich. Frauen sind dumm. Zu einem anderen Ergebnis kann ein Mann gar nicht kommen, wenn er auch nur drei Minuten mit einer verbringt.

»Morgen Abend bei uns. Der Alte ist für vier Tage nicht da«, sage ich und Carey grinst.

»Was ist mit der Schnalle?«, fragt Jensen.

Ich zucke mit den Schultern. »Was soll mit ihr sein? Sie wird erkennen, dass sie nichts zu sagen hat.«

»Ja, Mann!«, ruft Carey ausgelassen.

Wir verbringen den Abend am Strand. Bevor wir nach Hause fahren, ficke ich Liza in ihrem Auto auf dem Parkplatz. Meine Freunde sind alle in der Nähe, aber das ist mir scheißegal. Dank des Doppelstandards, der in unserer Gesellschaft gilt, bin ich der tolle Hecht und sie die billige Schlampe. Warum Weiber sich dennoch auf Sex einlassen? Keine Ahnung. Aber wie wir schon festgestellt haben, sind sie dumm.

Am nächsten Morgen ist Dad schon nach New York aufgebrochen und der Nachtfalter ist auch nicht zu sehen. Ich laufe eine Runde und dann gehen Carey und ich für unsere Party einkaufen. Unser Cousin arbeitet in einem Spirituosenhandel und wir decken uns reichlich ein. Wenn schon, denn schon.

Sie taucht den ganzen Tag nicht auf. Hat wohl Schiss. Um acht laufen die ersten Gäste ein und es geht heiß her. Die Mädels tragen Fetzen, die man nicht als Kleidung bezeichnen kann. Sobald sie am Pool ankommen, ist es noch weniger. Das Wasser ist voller nackter Titten. Ich laufe mit meinem Bier durch die Gegend, Liza immer an meiner Seite. Ich muss der Alten langsam klar machen, dass wir kein Paar sind. Ich ficke sie, mehr nicht. Aber so wie sie ihre Krallen in mich schlägt, sieht sie das ganz anders. Lästig.

»Hey, Tilman«, kommt Fishers Stimme.

Ich drehe mich zu ihm. Neben ihm steht ein Typ, dem man den Footballspieler schon von Weitem ansieht. Ich gehe zu ihnen.

»Das ist Devon Sawyer«, stellt Fisher ihn vor. Er reicht mir die Hand und ich schüttel sie. »Devon ist der Quarterback an unserer Schule. Ich hab ihm von dir erzählt, und dass du ein ganz passabler Wide Receiver bist.«

Devon grinst. »Eigentlich hat er ein Verkaufsgespräch geführt und ich hab mich gefragt, ob er dein Zuhälter ist.«

Fisher überspielt seine Verlegenheit mit einem Schluck aus der Flasche.

»Solange er klar gemacht hat, dass ich nicht mit jedem ins Bett steige, geht das klar«, antworte ich belustigt.

Devon lacht. »Edelnutte?«

»Auf jeden.«

Wir setzen uns auf zwei Stühle am Esstisch und quatschen. Er erzählt mir von den Problemen in seinem Team, und es könnte sein, dass ich die Antwort bin. Fisher hat maßlos untertrieben. Ich bin ein wahnsinnig guter Wide Receiver. Nochmal. Ich bin nicht eingebildet, ich kenne nur meinen Wert.

»Kommst du denn an die Westmore?«, fragt er.

Ich nicke. »Macht Sinn. Ist in der Nähe, wir kennen schon ein paar Leute.«

»Wenn du so gut bist, wie Fisher sagt, wärst du eine Bereicherung für das Team.«

»Ich bin besser.«

Er nickt langsam. »Wir werden sehen. Es wird auf jeden Fall interessant.« Er trinkt sein Bier. »Geht mich nichts an, Mann, aber was treibst du mit Liza Donelli?«

Ich zucke mit den Schultern. »Nichts.«

»Weiß sie das?« Er nickt in ihre Richtung und ich schaue zu ihr. Sie kreischt irgendeine andere an, weil sie mich angestarrt hat.

Ich reibe mir genervt den Nacken. »Offensichtlich nicht.«

»Sie ist 'ne Klette, Mann. Sie ist heiß, aber sie hat das Konzept von zwanglosem Sex nicht verstanden.«

»Sprichst du aus eigener Erfahrung?«

Er lacht freudlos auf. »Nein, das ist nichts für mich. Ich hab mein Mädchen.«

Ich ziehe die Augenbraue hoch. »Nur eins?«

Er grinst. »Nur eins. Meins.«

»Und all die anderen können dich nicht reizen?«

»Nein. Ich hab sie am ersten Tag der Highschool gesehen und war hin und weg. Sie ist die Eine.« Er sagt das total locker, als wäre er nicht ein Exot unter all den chronisch geilen Teenagern, die es gar nicht erwarten können, ihre Schwänze in immer neue Pussys zu stecken.

»Ist das nicht langweilig?«

Er zuckt mit den Schultern. »Für mich nicht.«

Ein hübsches Mädchen schlingt von hinten ihre Arme um ihn. Er grinst. »Wenn man vom Teufel spricht.«

Spielerisch klopft sie auf seine Brust. »Nenn mich nicht Teufel.«

»Wie soll ich dich sonst nennen?«, fragt er und streichelt über ihre Arme.

»Engel«, flüstert sie und beißt ihm ins Ohrläppchen.

Er lacht und sagt dann: »Ava, das ist Hunter Tilman. Er und sein Bruder sind gerade hierher gezogen.«

Sie lässt ihn los, stellt sich vor mich und reicht mir die Hand. Ich stehe auf und ergreife sie. Ich gebe es zu, ich checke sie aus. Sie ist hübsch, mehr so der Mädchen-von-nebenan-Typ als Sexbombe, aber ihre Augen sind intelligent und ihr Lächeln warm. Sie ist ganz eindeutig keine Braut für eine Nacht.

»Hi, Hunter.«

Noch bevor ich was sagen kann, kommt Liza zu mir und schlingt ihre Arme um mich. Ich schaue sie genervt an.

»Hunter ...«, schnurrt sie.

»Was?«

»Du beachtest mich gar nicht und jetzt redest du auch noch mit der Langweilerin«, jammert sie.

Devon steht bereits auf, um ihr die Meinung zu sagen. Ich löse ihre Arme von mir und sage eiskalt: »Verschwinde. Du wirst meine Freunde nicht so respektlos behandeln.«

Sie wirft mir einen unterwürfigen Blick zu, der mich noch mehr in Rage bringt. Devon setzt sich wieder hin und zieht Ava auf seinen Schoß.

»Tut mir leid, Hunter. Wirklich«, gurrt sie und streichelt meinen Arm.

»Verschwinde, habe ich gesagt. Ich hab dich gefickt, mehr nicht.«

»Aber ...« Ich sehe Tränen in ihren Augen, aber die sind mir egal. Devon ist cool, was bedeutet, Ava ist cool. Und so eine Bitch wird ganz sicher nichts gegen sie sagen.

Ich gehe nah an sie ran. Meine nächsten Worte sind nur für sie bestimmt. »Ich wollte nie mehr, als dich zu ficken. Ich bin nicht dein Freund, du hast keinerlei Anrecht auf mich. Du warst nur ein Fick und nicht mal ein besonders guter.«

Hatte ich behauptet, ich würde Frauen nicht absichtlich verletzen? Fuck. Okay, ich bin ein Arsch. Ich würde auch nie was anderes sagen, aber es ist an der Zeit, dass sie aufhört, in einer

Traumwelt zu leben. Vor allem, wenn ihr Traum so dermaßen unrealistisch ist.

»Hunter, bitte ...« Ich kann es nicht leiden, wenn die Weiber auch noch anfangen zu betteln.

»Raus.«

»Bitte ...«

»Nein, verschwinde!«

In dem Moment steht die Goldgräberin im Raum. Sie schaut fassungslos durch die Gegend. Auch das noch ...

»Was willst du?«, frage ich sie spöttisch.

Sie schluckt. Einen Augenblick frage ich mich, ob es eine gute Idee ist, sie vor all meinen Freunden niederzumachen, aber meine Toleranz für dumme Menschen ist auf einem Minimum angekommen.

»Euer Dad hat gesagt, keine Partys«, flüstert sie beinahe.

Ich ziehe die Augenbraue hoch und sage laut: »Ich kann dich nicht hören.«

Sie sieht verschüchtert aus. Um uns herum wird es leise. Jemand dreht die Musik ab, alle wollen das hier mitbekommen. Aber es hat ja auch Unterhaltungswert, wenn der Sohn der Geliebten seines Vaters zeigt, wer das Sagen hat. Und wer es auf keinen Fall hat.

Ihr Blick schweift zu Liza, die immer noch neben mir steht und der Tränen über das Gesicht laufen. Ihre Augen verfinstern sich einen Moment, bevor sie ihren anklagenden Blick auf mich richtet.

»Ich fasse es nicht«, sagt sie und ihre Stimme klingt gar nicht mehr klein und unterwürfig. Sie redet leise, aber stark und fest. »Dein Vater vertraut dir. So zeigst du ihm, dass du es verdient hast?« Sie schaut auf Liza. »Und so behandelst du Mädchen? Es sollte mich nicht wundern, aber ich bin furchtbar enttäuscht von dir!« Sie schaut sich um. »Die Party ist zu Ende.« Ich spüre, dass mich ihre Worte nicht kalt lassen. Ich will nicht, dass sie von mir enttäuscht ist ... Was vollkommen idiotisch ist, weil ihre Meinung mich nicht interessiert. Aber ich will nicht, dass sie schlecht von mir denkt. Abgefuckt.

Carey steht hinter ihr und sagt: »Du hast hier gar nichts zu sagen, du Schlampe! Gerade du kannst nicht über Respekt reden. Du machst deine Beine für Geld breit.«

Gemurmel entsteht um uns. Sie sieht richtig fassungslos aus, als sie sich umdreht.

»Ich habe es dir schon einmal gesagt, so redest du nicht mit mir! Ich habe mir euer Verhalten gefallen lassen, aber ihr seid nichts weiter als zwei verzogene kleine Jungs.«

Carey zieht spöttisch die Augenbraue hoch. »Verzog...«

»Jetzt rede ich! Und du hältst die Klappe«, schnaubt sie und ich schwöre, es kommen kleine Rauchschwaden aus ihren Ohren. »Du magst mich nicht respektieren, du magst Frauen im Allgemeinen nicht respektieren, aber das zeigt nicht meinen Charakter oder ihren, sondern nur deinen!« Sie schaut wieder zu mir. »Das ist die Art Mann, die du sein willst? Ein Mann, der Schwächere drangsaliert? Ein Mann, der nicht bewundert, sondern gefürchtet wird? Wo hört ihr auf? Sie weint und alles, was du tust, ist, sie fertigzumachen? Ist das der Mensch, der du sein willst?«

Es ist mucksmäuschenstill im Raum. Nicht einmal Carey mit seiner großen Klappe sagt ein Wort. Aus den Augenwinkeln sehe ich Bewegung auf der Treppe. Ich schaue in die Richtung und sie tut es mir gleich. Jensen geht mit einem Mädchen, das vollkommen benommen ist, die Stufen hoch.

»Und was zum Teufel machst du da?«, ruft sie wütend. Sie läuft zur Treppe und legt ihre Arme um die Kleine.

»Hey, Bitch, es ist genug für alle da. Du kannst danach dran kommen«, spottet er.

»Du wirst nicht mit einem unter Drogen gesetzten Mädchen nach oben verschwinden! Das nennt sich Vergewaltigung!«

Er lacht. »Sie will es doch auch.«

»Sie ist gar nicht mehr in der Lage zu sagen, was sie will! Weg von ihr.«

Jensen wird wütend und er schubst sie. Sie strauchelt, fällt aber nicht hin. »Sag mir nicht, was ich tun soll, du Fotze.«

Mac schaut fassungslos durch die Gegend. »Ihr alle lasst zu, dass er dieses Mädchen vergewaltigt? Keiner tut etwas? Schande über euch.« Sie schaut zu Jensen und zieht ihr Handy aus der Tasche. Sie richtet es auf ihn, macht Fotos.

»Was tust du da, du Miststück?«, schreit er sie an. Er lässt das Mädchen los und sie fällt auf die Stufen. Er macht einen drohenden Schritt auf sie zu.

Aber sie weicht nicht zurück. »Beweise sammeln«, sagt sie eiskalt. »Du hast zwei Möglichkeiten. Entweder verlässt du jetzt sofort dieses Haus und kommst nie wieder zurück oder ich rufe die Polizei.«

Er holt aus. Ich habe schon gesehen, wie hart er zuschlagen kann. Ich löse mich aus meiner Schockstarre. Ich ziehe Mac zurück und fange Jensens Schlag ein. Sie schaut mich verwundert an und Jensens Blick zeigt Fassungslosigkeit.

Sie fängt sich wieder und eilt zu dem Mädchen. Sie hilft ihr beim Aufstehen.

Sie blickt mich kalt an. »Ich bringe sie nach Hause. Wenn ich wiederkomme, ist niemand mehr hier und ihr beide«, sie deutet auf Carey und mich, »seid dabei, hier aufzuräumen.« Sie schaut Jensen an. »Verschwinde oder ich rufe die Polizei.«

Jensen wirft ihr einen wilden Blick zu, aber ich stelle mich zwischen sie. Auch wenn ich sie scheiße finde, werde ich nicht zulassen, dass Jensen sie verletzt.

Mac schaut sich um. »Wenn ich noch jemanden nach Hause bringen soll, dann kommt jetzt.«

Sie legt ihren Arm um die Schultern des Mädchens und läuft zur Haustür. Zwei andere Mädels laufen ihr hinterher. Freundinnen, nehme ich an. Die Tür knallt ins Schloss.

Wir alle stehen geschockt da.

Ich reibe mir den Nacken. Klar, ich behandle Frauen nicht besonders gut, aber ich würde mich niemals aufdrängen. Und doch wird mir klar, dass ich mir nie groß Gedanken gemacht habe, wenn ich Freunde mit total betrunkenen oder benommenen Mädels verschwinden gesehen habe.

»Lässt du die Fotze so dein Leben regieren?«, fragt Jensen abschätzig.

Ich blicke zu Carey, der nickt. Ich sehe ihm auch an, dass er geschockt ist. Dass er ebenfalls verdrängt hat, dass es Vergewaltigung ist, wenn man es mit einem Mädchen macht, das nicht mehr nein sagen kann. Den gleichen Blick sehe ich auf Fishers Gesicht. Devons und Avas Gesichter zeigen Enttäuschung. Shit.

Ich blicke zu Jensen. »Du hast sie gehört. Du bist hier nicht willkommen. Die Party ist vorbei.«

»Ich bin jetzt hier der Böse?«, schreit Jensen. »Ich hab nichts anderes gemacht als andere. Ihr alle habt das schon gemacht.«

»Raus.«

»Komm schon, Hunter ...« Aber ein Blick in mein Gesicht lässt ihn verstummen. »Fick dich.«

Er verschwindet aus dem Haus und ich frage mich, wie eine ganz normale Party zu diesem Albtraum werden konnte. Carey schaut mich fragend an. Ich zucke mit den Schultern und gehe in die Küche, um einen Müllsack zu holen. Langsam verschwinden die Partygäste, was ich begrüße.

Während ich Flaschen und Becher wegwerfe, denke ich über Mac nach. Bisher hat sie den Mund nicht aufgemacht. Am Anfang sah es auch noch so aus, als würde sie nichts sagen, aber als sie Lizas Tränen sah, ist sie mutig geworden. Sie kann für sich selbst nicht einstehen, aber für andere?

Und dann das Mädchen ... Es war ihr egal, dass Jensen sie selbst bedroht hat, sie hat sich ihm in den Weg gestellt, um das Richtige zu tun. Es ist keine Frage, dass es das Richtige war. Ich schäme mich, dass ich nicht dazwischen gegangen bin. So haben mich meine Eltern nicht erzogen. Und mehr noch. Das ist auch nicht der Mann, der ich sein will. Ich muss mir eingestehen, dass ich nicht immer meine eigenen Maßstäbe erreiche. Ich streiche mir frustriert durchs Gesicht. Eigentlich gar nicht. Weder was mein Verhalten gegenüber Frauen angeht noch was die Auswahl meiner Freunde angeht.

Als ich irgendwann wieder aufblicke, sehe ich, dass Carey, Fisher, Devon und Ava beim Aufräumen helfen. In einer Ecke sehe ich Liza, die Scherben einsammelt. Sie wirft mir einen traurigen Blick zu und ich lächel leicht. Ich hab jede Menge wieder gutzumachen. Nicht zuletzt bei ihr.

# 5

# Mac

Ich bin froh, dass die beiden Mädchen mir hinterhergekommen sind. Ich hätte sonst nicht gewusst, wo ich die fast bewusstlose Schülerin hinbringen soll. Ihre Freundinnen flehen mich an, sie nicht nach Hause zu bringen, aber ihre Eltern müssen wissen, was passiert ist. Sie müssen gemeinsam entscheiden, ob sie Schritte gegen diesen kleinen Pisser unternehmen.

Ich bin absolut dagegen, das Opfer zu beschuldigen, etwas falsch gemacht zu haben, aber wir müssen alle aufmerksamer sein, müssen einander helfen, dürfen nicht wegsehen. Wenn wir alle wegsehen, dann geschehen schlimme Dinge. Dinge, die eine Seele zerbrechen können ...

Ich klingel an der Haustür, habe meinen Arm um ihre Schultern. Sie lehnt gegen mich, ist nicht mehr wirklich anwesend.

Ihr Dad öffnet die Tür, schaut wütend, bevor sein Blick auf seine Tochter fällt. »Was ist geschehen?«, fragt er erschrocken.

Er greift nach seinem Mädchen, nimmt sie auf die Arme und trägt sie ins Haus. Seine Frau kommt im Bademantel nach unten. »Was ist passiert?«, fragt sie und bittet mich herein.

Ich erkläre den vollkommen geschockten Eltern, was passiert ist, schicke ihnen das Bildmaterial per Email, sage ihnen, dass ich für eine Aussage zur Verfügung stehe, wenn sie sich entscheiden, den Kerl anzuzeigen. Ich erwähne nicht, dass Carters Söhne die Party geschmissen haben. Ich weiß, dass es rauskommen wird, aber da die Möglichkeit besteht, dass sie Carter verklagen werden, weil es in seinem Haus stattgefunden hat, ist es besser, wenn ich keine Beweise liefere.

Sie danken mir und ich bringe die beiden anderen Mädchen nach Hause. Als ich wieder in unserer Auffahrt ankomme, atme ich einen Moment tief ein und aus. Was tue ich, wenn die Party noch in vollem Gange ist? Rufe ich die Polizei? Rufe ich Carter an? Was, wenn sie meine Anweisungen vor all ihren Freunden ignorieren?

Da ich jetzt aber nun mal schon A gesagt habe, muss ich auch B sagen und steige aus dem Auto. Ich stoppe an der Haustür, hoffe, dass das Haus leer ist, und öffne die Tür. Die Jungs und ein paar Freunde räumen auf, ansonsten ist niemand mehr zu sehen. Ich atme erleichtert auf.

Ich hole mir einen Besen und fege Chipskrümel weg. Hunter wirft mir einen verwunderten Blick zu und ich zucke mit den Schultern. Schweigend arbeiten wir zusammen, bis alles wieder aussieht wie zuvor.

Als die anderen sich verabschieden, sagt eines der Mädchen: »Das war wirklich cool von Ihnen.« Ich nicke leicht. Ich kämpfe mit den Tränen. Es war ein langer Tag. Nicht nur, dass meine Arbeit heute emotional auslaugend war, auch die ganzen Ereignisse haben mich geschlaucht. Ich merke erst jetzt, wie müde ich bin, wie erledigt.

Ich schaue zu Hunter und Carey, die gleichzeitig stur, sauer und ein wenig beschämt dreinblicken. Ihr Ausdruck zeigt mir, dass sich nichts grundsätzlich geändert hat. Wortlos gehe ich nach oben in mein Schlafzimmer. In Carters Schlafzimmer.

Ich dusche und lege mich dann ins Bett, aber ich kann nicht einschlafen. Mir gehen die Ereignisse nicht aus dem Kopf, und ich weiß nicht, wie ich damit umgehen soll. Soll ich es Carter sagen? Soll ich es verschweigen? Soll ich mit den beiden reden? Aber ich frage mich, was das bringen sollte. Sie werden nicht zuhören. Sie hassen mich immer noch. Ich habe keine Chance bei ihnen. Aber würden sie auf Carter hören? Oder würde es jede Chance auf ein zumindest friedfertiges Zusammenleben zerstören?

Nachdem ich mich stundenlang hin und her gerollt habe, stehe ich auf, um mir was zu trinken zu holen. Ich ziehe meinen Bademantel an und gehe in den Flur. Als ich an Hunters Tür vorbeikomme, öffnet sie sich und ein Mädchen tritt in den Flur. Hunter steht oben ohne im Türrahmen und küsst sie. Sie bemerkt mich nicht und eilt die Treppe runter. Hunter dreht sich zu mir und schenkt mir ein arrogantes und gemeines Lächeln.

Er greift in seine Boxershorts und bewegt seine Hand auf und ab. Ich werde rot und eile die Treppe hinunter, verfolgt von seinem spöttischen Lachen. Wie kann ein so netter Mann wie Carter so einen arschigen Sohn haben?

»Hey, Mac!«, ruft mir Shane am nächsten Tag zu, als ich zur Tür reinkomme.

Ich lächel schwach und winke, bevor ich in mein Büro gehe. Ich vergebe Termine, aber wenn sich niemand angemeldet hat, kann jeder reinkommen. Es klopft zaghaft an der Tür.

»Herein«, sage ich und mein Blick fällt auf eine junge Frau, die ein blaues Auge und den Arm eingegipst hat. Mein Herz wird schwer, als ich den verschüchterten Blick sehe. Dabei müsste ihr Blick Stolz zeigen. Es ist verdammt mutig, sich Hilfe zu suchen, sich aus seiner Opferrolle zu befreien, sein Leben wieder in die eigenen Hände zu nehmen.

Es ist immer die gleiche Geschichte. Sie liebt ihren Freund und er behauptet das Gleiche. Aber seine Liebe tut weh. Erst ist es nur eine Ohrfeige und er entschuldigt sich unter Tränen, verspricht, dass es nie wieder vorkommt. Aber es passiert immer wieder. Immer und immer wieder. Jedes Mal nimmt er sich mehr heraus. Jedes Mal schmerzt seine Liebe ein kleines bisschen mehr. Bis sie das erste Mal ins Krankenhaus muss oder das fünfte Mal.

Bis er nicht nur mit den Händen zuschlägt, sondern sie tritt und würgt. Bis er das erste Mal den Baseballschläger nimmt, um ihr zu zeigen, wie sehr er sie liebt, dass sie ihm gehört, dass sie keine Macht in ihrer Beziehung hat.

Bis er sie vergewaltigt, weil sie sein Eigentum ist und er tun und lassen kann, was er will. Bis er ihr droht, sie beim nächsten Mal umzubringen.

Und zwischendurch bringt er ihr Blumen und Pralinen, verspricht, seine Wut unter Kontrolle zu bekommen, verspricht, ihr nie wieder wehzutun. Und er tut es doch, immer wieder.

Bis sie ihn das erste Mal verlässt und er so wütend wird, sie so verprügelt, dass sie ihn zurücknimmt, schwört, immer bei ihm zu bleiben. Bis er seine Hände um ihren Hals schließt und das erste Mal so fest zudrückt, dass sie bewusstlos wird. Bis es nicht mehr nur blaue Flecken sind, sondern Brüche. Bis nicht mehr nur ihr Körper gebrochen wird, sondern auch ihr Inneres. Bis sie nur noch eine Hülle des lebenslustigen Mädchens ist, das sie einmal war. Bis sie nicht einmal mehr weiß, dass das Leben auch anders sein kann...

Es ist hart, diesen Frauen zuzuhören, weil sie alle das Gleiche berichten. Dass sie in dieser männerdominierten Welt vollkommen ohnmächtig sind.

Aber wenn sie hierher kommen, haben sie den ersten Schritt getan. Den ersten Schritt, um wieder ein wenig Kontrolle über ihr Leben zu bekommen. Den ersten Schritt, um ihren Stolz und ihre Würde zurückzugewinnen. Den ersten Schritt, um zu heilen.

Als wir für heute genug gesprochen haben, bringe ich sie zu Jean. Er gibt gerade einen Kurs und wie immer geht mir das Herz auf, wenn ich sehe, wie diese Frauen, die noch vor wenigen Wochen allen Lebensmut verloren hatten, ihre neue Chance mit beiden Händen ergreifen. Zupacken, nicht loslassen, weil sie wissen, dass es an ihnen liegt. Wir geben ihnen Hilfestellungen, aber sie müssen da durch, sie müssen die Triebfeder sein. Wir können nur helfen, wenn sie sich auch selber helfen wollen.

Es gibt immer mal wieder Frauen, die in die missbrauchende Situation zurückkehren, aber die meisten schaffen es, sich ein neues Leben aufzubauen, auch wenn es zwei oder drei oder acht Anläufe braucht.

Ich drücke ihren Arm, weil ich weiß, dass es Angst macht, die Kontrolle zurückzugewinnen.

Abends treffe ich mich mit meiner besten Freundin Brittany zum Essen.

»Hey, Süße«, sagt sie, als ich mich zu ihr an den Tisch setze.

»Hey«, sage ich und lasse theatralisch den Kopf auf die Tischplatte sinken.

Sie lacht. »Ist da jemand erledigt?«

Ich nicke und drücke ihre Hand. »Mein Leben ist die Hölle.«

»Wieso?«

»Ich hab Carters Söhne kennengelernt.«

»Oje«, antwortet sie und winkt dem Keller. Sie bestellt eine Flasche Weißwein.

»So schlimm?«, fragt sie.

Ich nicke. »Sie hassen mich.«

»Sie hassen dich nicht. Sie kennen dich nicht«, antwortet sie.

Ich schüttel den Kopf. »Brit, ich weiß, du meinst es gut, aber sie hassen mich. Außerdem sind sie verzogene, arrogante kleine Pisser, denen ordentlich der Arsch versohlt gehört.«

Sie lacht. »Wenn du anfängst zu fluchen, dann ist es wirklich schlimm.«

Ich nicke und stöhne auf. »Es ist ein einziges Desaster. Sie glauben, dass ich mit Carter nur wegen seines Geldes zusammen bin. Außerdem werfen sie ihrem Vater vor, dass er ihre Mutter verlassen hat und sie danach zu einer Säuferin wurde. Ich bin die erste Frau, die ihr Vater ihnen vorstellt. Quasi der Antichrist. Und dazu kommt noch, dass sie beschlossen haben, wieder nach San Diego zu ziehen.«

»Zu Carter?«, fragt sie mit hochgezogenen Augenbrauen.

»Nein, in ein Heim für schwererziehbare Jugendliche«, antworte ich. »Herrgott, natürlich zu Carter. Sie sind seine Söhne.«

»Aber es ist jetzt auch dein Zuhause«, wendet sie ein.

»Er hat mich gefragt und ich habe zugestimmt.«

»Wieso?«

Ich schaue sie an, als wären ihr drei Köpfe gewachsen. »Weil sie seine Söhne sind. Was hast du an der ganzen Geschichte nicht verstanden?«

»Aber wenn sie Arschlöcher sind, dann schick sie doch nach Hause.«

Irritiert blicke ich sie an. »Ich weiß nicht, auf welchem Stern du lebst, aber was glaubst du, wie Carter das finden würde, wenn ich seinen Söhnen, die er liebt, die Tür vor der Nase zuschlagen würde?«

Sie nickt. »Wahrscheinlich nicht so gut. Was tun sie denn?«

»Sie beschimpfen mich, sagen Dinge, die man zu niemandem sagen sollte. Gestern hatten sie eine Party, obwohl sie ihrem Vater versprochen hatten, keine zu geben und außerdem auf das zu hören, was ich sage. Hat super geklappt. Beinahe wäre ein Mädchen vergewaltigt worden, wer weiß, wie viele schon auf ähnlichen Partys dieses Schicksal geteilt haben.« Ich überlege kurz. »Vielleicht hat Hunter das auch schon gemacht.«

Sie schaut mich schockiert an. »Du glaubst, dass Carters Sohn... – Wir reden hier von Carter, richtig? Dem perfekten Gentleman, der dich auf Händen trägt, dich respektiert und liebt? Du glaubst, dass sein Sohn ein Vergewaltiger ist? Wow.«

Scham durchflutet meinen Körper. »Gott ... Ich bin scheiße.«

»Süße, ich verstehe, dass es eine schlimme Situation ist, aber jemanden ohne Beweise als Vergewaltiger zu bezeichnen ... Das geht eindeutig zu weit.«

Ich nicke. »Du hast recht.«

»Natürlich habe ich recht. Ich bin großartig.«

»Jaja«, winke ich ab. »Auch wenn sie sich mir gegenüber nicht gerade nett verhalten, ich bin die Erwachsene. Bis zu einem gewissen Grad kann ich die beiden auch verstehen. Es ist für sie nicht leicht mit ihrer Mutter.«

»Das gibt ihnen nicht das Recht, andere Menschen – noch dazu so einen wunderbaren wie dich – wie Dreck zu behandeln.« So laufen unsere Gespräche immer, mal ist sie Anklägerin und mal Verteidigerin. Man muss sie einfach lieben, weil sie jedes Problem von jeder Seite beleuchtet.

»Natürlich nicht, aber ...«

»Kein aber, Süße. Du bist toll, sie sollten vor dir niederknien.« Sie grinst. »Aber jetzt kommen wir mal auf das wirklich wichtige Thema zu sprechen. Sind sie so heiß wie Carter?«

»Du bist unmöglich«, sage ich und werfe meine Serviette nach ihr.

»Sind sie?«

»Sie sind vor allem beide ein Grund, ins Gefängnis zu wandern«, gebe ich zu bedenken.

Sie lacht. »Ich will ja nicht mit ihnen ins Bett. Nur wissen, ob ich in ein paar Jahren mal an ihre Tür klopfen sollte.«

Ich schüttel den Kopf. »Ist dir bewusst, was mein Job ist?«

Sie winkt ab. »Süße, ich würde ihnen eine gute Zeit bereiten und es wäre alles konsensual.«

»Genauso reden alte Säcke, die kleine Mädchen ficken.«

Sie schaut mich gespielt schockiert an. »Also, wirklich, Ms. Hall, woher haben Sie nur diese Ausdrücke?«

»Sei mal ernst.«

»Sei du mal locker. Sind sie heiß?«

»Nein.«

Sie kneift die Augen zusammen. »Du Lügnerin.«

Ich hebe beide Hände in gespielter Unterwerfung. »Für sechzehnjährige Mädchen sind sie wahrscheinlich ein feuchter Traum, aber sie sind die Söhne meines Freundes. Du erinnerst dich an Carter? Perfekter Gentleman, auf den Händen tragen und so?«

Sie lacht. »Okay, okay. Warten wir noch ein paar Jahre.«

Dem stimme ich erleichtert zu. »Aber mal ehrlich, was soll ich machen?«

Sie zuckt mit den Schultern. »Beten.«

»Sehr witzig.«

»Weiß Carter, dass sie dich beschimpfen?«

»Nein.«

»Wieso sagst du es ihm nicht?«

»Weil ich keine Petze sein will. Ich denke, dann kann ich irgendeine geartete Beziehung gleich vergessen.«

Sie nickt langsam. »Das kann sein. Aber du darfst dir auch nichts gefallen lassen.«

»Daran muss ich arbeiten.«

»Was hast du bisher gemacht, wenn sie dich beleidigt haben?«

»Hmmh ...«

»Keine gute Antwort, Süße.«

»Ich hab keine Bessere.«

»Du lässt es also zu.«

Ich nicke.

»Dir ist aber schon bewusst, wo du arbeitest?«

»Ja-ha.«

»Ich wollt ja nur mal nachfragen. Immerhin arbeitest du in einem Center, das sich dem *Empowerment* von Frauen verschrieben hat. Und du lässt dich von zwei verzogenen Teenies fertigmachen. Irgendwie passt das nicht zusammen.«

»Ich hasse es, aber du hast recht.«

Sie boxt mit der Faust in die Luft. »Yes, zweimal an einem Tag!«

Ich schüttel nur den Kopf, was sie zum Lachen bringt. »Was soll ich also tun?«

»Erzähl es Carter.«

»Was, wenn er mir nicht glaubt? Oder schlimmer, was, wenn er mir glaubt, aber beschließt, auf der Seite seiner Söhne zu sein?«

Sie schaut mich ruhig an. »Reden wir hier von Carter, dem Mann, der dich wie verrückt liebt?«

Ich nicke leicht und beginne zu lächeln.

»Das denke ich auch«, sagt sie zufrieden.

# 6

# HUNTER

Ich bin mit Carey bei Devon. Ava ist auch da. Irgendwie stört sie nicht. Sie ist cool. Ich hab nicht gedacht, dass Mädchen cool sein können, aber sie ist es.

»Fuck, Mann!«, ruft Devon, als Ava ihn bei *Return to Castle Wolfenstein* über den Haufen schießt.

Sie lacht fröhlich, als sie ihm gegen die Schulter boxt. »Ich bin kein Mann.«

Devon fährt sich durch die Haare. »Gott sei Dank.« Er küsst sie auf die Stirn.

In seinen Augen sehe ich Stolz. Und er hat jedes Recht dazu. Welches Mädchen spielt Ballerspiele und gewinnt dann auch noch eiskalt? Eigentlich will ich das nicht zugeben, aber mir hat sie auch schon mehrmals in den Arsch getreten. Aber ich werd jeden einzelnen kaltmachen, der das weitertratscht.

Carey macht Würgegeräusche, als er die Nettigkeiten sieht, die die beiden austauschen. Ich grinse dazu nur, während Ava ihm ein Kissen an den Kopf wirft. Da muss er durch, der Sack.

»Geht ihr morgen zu Fisher?«, fragt Ava.

Carey schaut wie immer zu mir. Ich zucke mit den Schultern und lege den Fuß aufs Knie. »Seine Partys waren auch schon mal besser.«

Devon schüttelt den Kopf. »Eigentlich waren sie schon immer so.«

»Mir kommen sie lahmer vor.«

Ava meint: »Vielleicht, weil es immer nur das gleiche Einerlei ist? Saufen, Mädels, Rumpöbeln.«

»Die Dreifaltigkeit der männlichen Jugend«, spottet Devon.

»Du hast leicht reden, Alter«, wirft Carey ein. »Du hast ja schon einen Klotz am Bein.« Er grinst Ava zu, die ihm den Mittelfinger zeigt. Genau deswegen ist sie so cool.

»Was ist, Kleiner? Angst zu verlieren?«, provoziert sie ihn. Aber das ist nicht schwer. Nach ungefähr drei Sekunden hat er den Controller in der Hand.

»Glaub ja nicht, dass du mich so leicht besiegen kannst wie deinen Macker«, scherzt er.

Devon lacht, bevor er sich eine Hand Chips in den Mund stopft und seinem Mädchen zuschaut, wie sie seine Freunde lyncht. Aber das werde ich natürlich immer abstreiten.

»Knall den Nazi ab!«, ruft Devon fröhlich, als Ava um eine Ecke marschiert.

Sie feuert und der animierte Pisser sinkt zu Boden. Devon hält ihr die Faust hin und sie drückt ihre dagegen. Was mir normalerweise Brechreiz verursacht, empfinde ich nicht als so schlimm, wenn die beiden es tun.

Als sie auch Carey gekillt hat, fragt sie: »Was macht eure Stiefmutter?«

»Scheiße, Mann! Nenn sie nicht so!«, empört sich Carey. »Dazu wird es niemals kommen! Dad ist nicht so dumm, dass er eine Goldgräberin nicht erkennt. Er will wahrscheinlich seinen Schwanz nur ein bisschen nass machen.«

»Echt, Alter?«, frage ich ihn. »Ich will mir nicht mal vorstellen, dass der Alte noch einen wegsteckt.«

Carey lacht. »Du willst nur nicht, dass er bei ihr einen wegsteckt.«

Devon schaut mich an. »Hast du ein Ding für Mac?«

Ich funkel beide an. »Ich hab kein *Ding* für Mac, oder wie du das nennst.« Fuck. Woher weiß er das? Ich hatte eigentlich gedacht, dass ich dieses *Ding* für Mac – auch Riesenlatte genannt – bisher verheimlicht habe.

»Wieso wirst du dann so wütend?«, fragt Ava nach.

Hab ich gesagt, sie ist cool? Ist sie nicht. Sie ist sogar ziemlich scheiße, wenn ich da recht drüber nachdenke.

»Fuck, Hunt! Stehst du auf Dads Schlampe?« Carey klingt fassungslos.

Ich streiche mir über das Gesicht. »Nein, fuck! Tu ich nicht. Als würde ich auf eine Nutte stehen, die mein Alter fickt.«

Er sieht kalkweiß aus, so als müsste er kotzen, wenn er nur daran denkt, dass jemand die Natter gut finden könnte. Und so würde es mir ja auch gehen, wenn ... ja, wenn mein Schwanz nicht nur noch beim Gedanken an sie steif würde. Ist das abgefuckt.

»Hunter, mal ehrlich ... Sie ist jung. Wieso solltest du nicht auf sie stehen?«, fragt Devon.

»Willst du mich verarschen? Sie mag jung sein, sie mag passabel aussehen«, – bei der Lüge zucke ich nicht mal zusammen –, »aber innerlich ist da nur ekelige Pampe.«

»Bäh«, macht Ava. »Was ist das für ein Vergleich?«

Ich grinse leicht. »Der einzige, der passt. Charakterlich hat sie solche Defizite, dass das nicht mal die Alte aus Indien aufwiegen kann – wie hieß die doch gleich?«

Sie schauen mich verständnislos an.

»Na, die kleine, verschrumpelte ... Sagt schon!«

Carey schaut mich eigenartig an. »Meinst du Mutter Teresa?«

Ich klatsch mir mit der Hand auf den Oberschenkel. »Ganz genau. Nicht mal Mutter Teresa könnte ihre Defizite ausgleichen.«

Devon schüttelt amüsiert den Kopf. »Dir ist Mutter Teresa nicht eingefallen?«

Ich zucke mit den Schultern. »Kann ja mal passieren.«

Ava kippt zur Seite und hält sich den Bauch vor Lachen. »Boah, Hunt, das ist echt das Witzigste, was du je gesagt hast!«

Natürlich wusste ich den Namen der Alten aus Kalkutta, aber ich hatte gehofft, dass ich sie von der Fährte ablenken würde. Und was soll ich sagen? *Mission accomplished.*

Außerdem ist mir das sowieso schon zu viel Herzausschütten. Der Vorteil an Kerlen ist doch, dass wir nicht so viel über Scheißgefühle labern wie die Weiber. Es muss an Ava liegen, dass wir es jetzt doch tun.

»Also, gehen wir jetzt zu Fisher?«, fragt Carey mich.

»Willst du?«

Er nickt. »Besser, als zu Hause rumzusitzen.«

Wo er recht hat ... »Okay, dann lass uns hingehen. Was ist mit euch?«

Devon legt Ava den Arm um die Schultern. »Ich denke, wir beide bleiben zu Hause.« Er zwinkert ihr zu. Ganz subtil. So subtil, dass nun jeder weiß, dass er sie ficken will. Ehrlich. So was muss ich nicht wissen.

»Pack den Schwanz wieder ein«, sage ich viel zu laut.

Er grinst, bevor er einen Schluck aus seiner Dose Cola nimmt. »Nur kein Neid.«

Man sollte denken, dass es Ava unangenehm ist. Aber so ein Mädchen ist sie nicht. »Ist das frei nach dem Motto ›Wenn du keinen Sex hast, darf auch niemand sonst?‹« Sie lacht diabolisch.

»Du irrst dich, Sweetheart«, – ich versuche mich an einem echt-texanischen Akzent –, »ich ficke. Liza.«

Sie verdreht die Augen. »Gott, nicht die! Die ist wie Krätze. Einmal eingefangen, bekommst du sie nur schwer wieder los.«

Das bringt uns alle zum Lachen. Außerdem ist das nicht aus der Luft gegriffen. Liza ist so dermaßen klettig.

Nach ein paar Stunden, die Ava dazu nutzt, uns alle abzuziehen, machen wir uns auf den Weg nach Hause. Ich fahre Dads Wagen, kann es aber echt nicht erwarten, bis ich meinen eigenen haben kann.

Sie wird sexy sein. Super sexy.

Schwarz, schnittig, Leder. Wenn sie doch schon mir gehören würde. Ich rede natürlich von meinem 3er BMW ... Was habt ihr denn gedacht?

Die Party bei Fisher am nächsten Tag ist genauso langweilig, wie all die anderen zuvor. Liza macht mich wieder an. Ich ficke sie erneut in der Gartenlaube und sie ist damit zufrieden. Ansonsten sitze ich auf der Couch, beschäftige mich mit meinem Bier, das wohl noch nie so langsam getrunken wurde. Hey, ich will nicht betrunken fahren, aber auch nicht ganz ohne etwas dastehen, was den Abend ein wenig erträglicher macht.

Ich beobachte Carey, der so eine Kleine beobachtet. Bisher habe ich nie gesehen, dass er Interesse für jemanden zeigt. Klar, er hat den Playboy unter dem Bett liegen, aber wer hat das nicht? Natürlich nur wegen der Interviews. Ist klar.

»Hey, Mann.« Fisher lässt sich neben mich auf die Couch fallen.

Er hält mir die Faust hin und ich schlage ein. »Hey.«

»Hör mal ... Die Sache mit Jensen bei dir ...« Er schaut mich unsicher an. Aber ich hab meine Entscheidung getroffen. Mac hat richtig gehandelt. Jensens Verhalten war komplett abartig. Der Gedanke, dass ich so was in der Vergangenheit schon öfter gesehen und nichts getan habe, fickt mein Gehirn. Das ist richtig, richtig scheiße. Anders kann man es nicht sagen. Ich schäme mich zutiefst, dass ich das nie unterbunden habe. Man kann von der Schnalle halten, was man will – und ich halte nicht viel von ihr –, aber in der Hinsicht hat sie mir ganz eindeutig die Augen geöffnet.

»Was ist damit?« Er sieht nicht besonders glücklich aus. »Er ist ein Kumpel, okay? Klar, das war total daneben, aber ...« Er streicht sich die Haare aus dem Gesicht. »Fuck, Mann.«

»Hör zu, Alter. Es gibt Dinge, die sind unentschuldbar. Ein besoffenes Mädchen zu ficken, gehört dazu. Wenn sie nein sagt oder wenn sie gar nichts mehr sagen kann, hat man seinen

Schwanz in der Hose zu behalten, egal wie heiß sie ist. Sorry, aber so jemanden will ich nicht Kumpel nennen.«

»Du bringst mich da in eine abgefuckte Situation, Mann.«

Ich zucke mit den Schultern, weil mir seine Situation so richtig am Arsch vorbeigeht. »Interessiert nicht. Der Kerl wollte in meinem Haus jemanden vergewaltigen. Das ist nicht cool.«

»Nein, da geb ich dir recht. Aber es tut ihm leid.«

»Fuck, nein. Was meinst du, wie oft er das schon gemacht hat? Jetzt ist er mal erwischt worden.«

»Sieh es mal von der Seite: Du bist neu an der Schule. Du kannst ein paar Freunde brauchen.«

Ich schaue ihn durchdringend an – zumindest hoffe ich, dass es durchdringend ist und ich nicht aussehe wie ein bekifftes Eichhörnchen. »Auf solche Kumpels kann ich verzichten.«

Er hebt die Hände. »Okay, okay. Fuck.«

»Du sagst es.«

Klar ist es eine beschissene Situation für ihn. Der Sack ist sein Freund. Und jetzt tauch ich hier auf, ein Typ, den er in den letzten drei Jahren vielleicht fünfmal gesehen hat, und sage ihm, was Sache ist. Ich könnte verstehen, wenn er nichts mehr mit mir zu tun haben will. Aber natürlich wissen wir beide, dass ich, sobald ich am ersten Schultag einen Fuß ins Schulgebäude setze, der verfickte King bin. Schon jetzt kann ich tun und lassen, was ich will. Die Kerle versuchen mir den Arsch zu küssen und die Weiber ... nun ja, sie versuchen es auch.

»Jensen ist also raus?«

Ich nicke und setze die Flasche an die Lippen. »Yep.«

»Ich geb's weiter.«

Soll er. Ich hab keine Ahnung, was hier passiert, wenn jemand aus der Gunst fällt, aber ich kann mir nicht vorstellen, dass es nett wird. Er hat sich sein eigenes Grab geschaufelt.

»Tu das. Es sollen alle wissen, dass wir alle so was zum Kotzen finden.«

Er schaut mich an und nickt langsam. Als er aufsteht, leere ich meine Flasche. Pisswarm. Fuck.

Ich schaue mich nach Carey um. Er steht immer noch an der gleichen Stelle. Ich schüttel den Kopf. Der Kleine ist doch hoffnungslos.

Ich stehe auf und lege ihm den Arm um die Schulter. »Wenn du sie willst, hol sie dir.«

Er schaut mich an. »Ich will keine.«

Langsam nicke ich. »Klar, Alter.«

»Nein, echt nicht.«

»Du starrst die Blonde schon seit zwei Stunden an. Es wundert mich, dass ihre Haut noch nicht angesengt ist von deinem Laserblick.«

»Keine Ahnung, wovon du redest.« Er zieht sich am Ohrläppchen. Todsicheres Zeichen.

»Geh hin und sag ihr, dass du sie scharf findest.«

Dieses Mal antwortet er nicht. Sein Blick ist begehrlich, aber es ist auch klar, dass er nichts tun wird. Fuck. Alles muss man selber machen. Ich gehe also zu der Kleinen hin, obwohl er mehrmals hinter mir her zischt, dass ich es lassen soll. Aber ich kann meinen Bruder doch nicht so im Stich lassen.

»Hey.«

Sie schaut zu mir und lächelt geschmeichelt. »Hey.«

»Ich bin Hunter.«

Sie schaut zu mir auf. »Ich weiß, wer du bist.«

»Gut. Dann weißt du auch, wer Carey ist.«

Sie schaut in die Richtung. »Ja.«

»Geh zu ihm.«

Sie schaut mich irritiert an. »Äh, wie bitte?«

»Du sollst zu ihm gehen.« Ich greife nach einem Bier. »Bring ihm das hier und dann rede mit ihm.«

Ich kann ihren Gesichtsausdruck nicht deuten. Ist sie enttäuscht oder erleichtert? Ist mir latte. Solange sie dafür sorgt, dass mein Bruder heute Nacht keine Jungfrau mehr ist. Er soll ruhig auch ein wenig Spaß haben. Und wenn ich mich recht entsinne, schulde ich ihm ja noch eine Schlampe, schließlich hatte ich die Wette auf der letzten Party gewonnen.

Ich schaue zu ihr, wie sie auf Carey zugeht. Sie reicht ihm das Bier, lächelt, spielt in ihren Haaren. Wieso eigentlich? Wieso spielen Weiber an ihren Haaren, wenn sie flirten? Typen finden Haaren nur geil, um beim Ficken ordentlich dran ziehen zu können. Wenn ihr uns scharfmachen wollt, spielt doch besser an euren Titten ...

Bei dem Gedanken an Macs Titten wird es eng in meiner Hose. Ich greife an meinen Schwanz, um ihn zu richten.

Vielleicht sollte ich Liza nochmal finden? Ich könnte ihr meinen Schwanz in den Mund stecken und mir vorstellen, dass es Mackenzies Lippen sind.

Fuck. Ich bin in der Hölle. Wieso nur kann ich nicht eine Sekunde aufhören, an diese Nutte zu denken?

Als ich am nächsten Morgen aufwache, steht mein Schwanz wie jeden Morgen. Auch, wenn ich ihn lieber in eine Frau stecken würde, fasse ich um ihn und lasse meine Hand hoch und runter fahren. Ich schließe die Augen, stelle mir vor, dass es Macs Hand ist, die mich berührt. Ihre Titten sind nackt, meine Finger kneifen in ihre Nippel. Ob sie dicke Nippel hat oder kleine? Rosig, rot oder braun? Hat sie große Vorhöfe oder kleine?

Allein die Gedanken an sie bringen mich dazu, schneller zu atmen, meine Hand fester um meinen Schwanz zu schließen. Fuck, ja. Mac. Diese kleine Schlampe legt es doch nur darauf an, mich wahnsinnig zu machen! Ich will meinen Schwanz in sie stecken. In jedes verfickte Loch. Und dann soll sie wimmern, wenn ich kräftig zustoße ...

Ich drücke fester, taste mit der anderen Hand nach meinen Eiern und massiere sie kräftig. Mein Kopf ist überstreckt in den Kissen, die Adern an meinem Hals treten hervor.

»Fuck!«, knurre ich, als ich komme. Ich sehe Sterne und ihr Gesicht, das mich anlächelt. Obwohl ich gar nicht wirklich weiß, wie sie lächelnd aussieht, weil sie mich so nie ansieht.

Diese verfickte Situation bringt mich noch um! Ich muss was ändern. Entweder muss ich sie ficken oder von hier fliehen ...

7

# Mac

Brittany hat recht. Ich muss mit Carter reden. Er wird mir glauben, dass seine Jungs versuchen, mich fertigzumachen. Oder? Ja, ganz bestimmt. Er vertraut mir. Er glaubt mir. Aber die Zweifel sind da. Wieso sollte er denn mir glauben? Sie sind seine Söhne. Mich liebt er, das weiß ich, aber sie sind sein ein und alles. Das weiß ich auch.

Ich nehme mehrmals den Hörer in die Hand, traue mich dann aber doch nicht richtig. Ich kenne mich so gar nicht. Oder besser ... nicht mehr. Wieso habe ich plötzlich Angst? Weil ich etwas zu verlieren habe, wird mir klar. Ich will Carter nicht verlieren. Ich liebe ihn.

Aber ist es nicht besser, so ein Gespräch von Angesicht zu Angesicht zu führen? Ich weiß, es ist der feige Weg, aber so kann ich noch ein paar Tage länger in der Illusion leben, dass alles gut wird.

Ich gehe in die Küche, um eine Flasche Wasser aus dem Kühlschrank zu holen, als Carey reinkommt.

»Hey, Carey«, sage ich und hoffe, dass meine Stimme freundlich klingt, aber nicht wie ein aufgescheuchtes Rehkitz.

»Aus dem Weg.« Er schiebt mich mit dem Arm zur Seite, als ich nicht schnell genug reagiere.

Ich bin wie vor den Kopf geschlagen. Wieso tut er das?

»Das geht eindeutig zu weit!«, versuche ich mit Bestimmtheit zu sagen, aber ich bin mir nicht sicher, ob das gelungen ist.

»Halt die Klappe.«

Er holt sich Brot und Schinken aus dem Kühlschrank und macht sich ein Sandwich. In aller Seelenruhe. Als hätte er gerade nicht meine Welt ins Wanken gebracht. Nur weil sie stärker sind, haben sie nicht das Recht, sich durchzusetzen!

»Ich habe dir schon einmal gesagt, dass ich nicht will, dass du so mit mir redest!«

Er schaut mich an, als wäre ich Abschaum. »Wieso redest du immer noch, du fette Schlampe?«

In dem Moment kommt Hunter in die Küche. Seine braunen Augen spießen mich auf. Na, toll, wieder in der Unterzahl. So kann ich doch nie gewinnen.

Er sagt kein Wort, bedenkt mich nur mit diesem Blick ... diesem Blick, der mich von einer erwachsenen Frau in ein blubberndes Etwas verwandelt. Ich bekomme Angst. Ich merke, dass ich tatsächlich Angst in dieser Situation bekomme.

Hunter verschränkt seine Arme vor der Brust. Er ist siebzehn, aber körperlich ist er schon ein Mann. Er hat zwar immer noch die Schlaksigkeit der Jugend, aber er füllt seinen Körper mehr und mehr aus. Das trägt nicht dazu bei, meine Panik zu mildern.

»Hat es dir die Sprache verschlagen?«, höhnt Carey.

Ich stelle fest, dass ich gefangen bin. Hunter steht im Türrahmen und Carey versperrt mir den Weg zur Hintertür.

Mir wird gleichzeitig heiß und kalt. Ich ziehe am Kragen meines Shirts, warum weiß ich nicht, aber ich habe das Gefühl zu ersticken.

»Klar, du kannst alte Männer um deinen Finger wickeln, aber wenn dich mal ...«

»Mac?«, fragt Hunter plötzlich.

Er sagt es leise, gar nicht bedrohlich, sondern eher besorgt. Und das ist der Moment, der das Fass zum Überlaufen bringt. Wortwörtlich. Tränen laufen über mein Gesicht. Ich kralle mich in den Stoff meines Shirts, kann erkennen, dass meine Knöchel weiß werden.

»Alles okay?«, fragt nun auch Carey und tritt einen Schritt auf mich zu.

Ich weiche zurück, habe Angst, kann diese Enge nicht ertragen. Weg, weit weg will ich sein.

»Nicht«, sagt Hunter warnend und Carey bleibt stehen.

Hunter tritt einen Schritt zur Seite und ich sehe die Chance. Ich laufe los, schlüpfe durch den Türrahmen und renne die Treppe hinauf in unser Schlafzimmer. Ich schließe die Tür von innen ab und lasse mich auf die Bettkante sinken. Gott sei Dank.

Mir wird klar, wie sehr ich immer noch in meinen Erinnerungen gefangen bin. Dass sie durch neue Erlebnisse hervorgeholt werden, dass offensichtlich Situationen, in denen ich mich machtlos fühle, sie triggern können. Ich dachte, ich hätte das alles weit hinter mir gelassen. Aber das war wohl ein Trugschluss.

Mein Herz schlägt wieder langsamer und die Enge in meiner Brust löst sich. Ich kann durchatmen.

So kann es nicht bleiben. Ich muss diese Situation ändern, sonst gehe ich daran kaputt. Ich muss es Carter sagen. Sobald er wieder zu Hause ist, muss ich mit ihm reden. Er muss mit seinen Jungs sprechen, auch wenn er vielleicht Angst hat, dass sie dann wieder zu ihrer Mom wollen. Oder was auch immer der Grund ist, dass er ihnen nicht genug Grenzen setzt. Hunter ist zwar fast erwachsen, aber gerade dann sind Grenzen wichtig.

Hör sich das einer an ... Wann bin ich denn eigentlich zu einer Prinzipienreiterin geworden? Ich höre mich so verknöchert an wie meine Grundschullehrerin aus der ersten Klasse, die darauf bestand, dass wir sie *Fräulein* nannten, weil sie deutsche Vorfahren hatte und sich mit dem englischen *Miss* nicht anfreunden konnte. Gott, wann bin ich zu Fräulein Müller geworden?

Trotzdem ist eines klar. So kann es nicht weitergehen. Ich kann nicht in Angst und Panik verfallen, sobald einer der beiden mir zu nahe kommt. Carter muss was tun. Er wird was tun. Oder?

Wir gehen uns bis Carter wiederkommt aus dem Weg, Sie sind bei Freunden oder wo auch immer und ich arbeite. Ich bin immer ein bisschen ein Workaholic, weil ich nicht gehen kann, wenn es noch jemanden gibt, der meine Hilfe braucht, aber jetzt wird es obsessiv.

»Mac, geh nach Hause«, sagt Shane am Tag, bevor Carter zurückkommen will.

Ich blicke auf meine Uhr am Handgelenk. Fast elf. »Hmmh, ja, ich hab die Zeit vergessen.«

Langsam sortiere ich die Papiere, die vor mir liegen.

»Was ist los?«

»Was soll sein?« Immer gut, eine Frage mit einer Gegenfrage zu beantworten. Das zeigt, wie schlagfertig man ist.

Er lächelt leicht, bevor er sich in den Stuhl auf der anderen Seite des Schreibtischs setzt. Er verschränkt die Hände hinter dem Kopf und streckt die Beine aus. Er sieht relaxt aus, als würde er sich wohlfühlen. Hier in meinem Büro, hier bei mir.

»Ich erinnere mich noch gut an den Tag, an dem du das erste Mal hierher gekommen bist. Du warst ein verängstigtes kleines Ding, aber so wütend! So unglaublich wütend. Du bist hier mit deinen Chucks durch die Gegend gestampft, wolltest dir nichts erzählen lassen.« Er grinst, als würde ihm die Erinnerung Spaß machen. »Du hast immer geglaubt, dass du erst angefangen hast zu heilen, als du zu uns kamst. Aber du hattest Feuer. Immer schon. Es loderte drei Meter über deinem Kopf. Alles, was wir getan haben, war, dir zu zeigen, wie du es kontrollieren kannst. Alles andere hast du selbst gemacht. Damals und auch heute.«

Ich setze mich wieder auf meinen Stuhl und starre ihn an.

»Es war ein Vergnügen, dir dabei zuzusehen, wie du von der wütenden Pfefferschote zu der Frau geworden bist, die heute vor mir steht. Oder sagen wir besser, die vor einer Woche vor mir stand. Denn die Mac von heute ist ein Rückschritt. Es ist, als würdest du all den Glanz, den du normalerweise verbreitest, absichtlich unter den Scheffel stellen, dich in den Schatten verkrümeln, weil du Angst hast, ins Sonnenlicht zu treten.«

»Ich wusste gar nicht, dass du so eine poetische Ader hast, Shane«, spotte ich, weil ich nicht weiß, was ich sonst tun soll. Seine Aussagen sind zu wahr.

Er grinst einfach nur. »Spotte ruhig, Süße. Wir beide wissen, dass etwas passiert ist. Du musst es mir nicht sagen, du musst es nicht mal selber anerkennen, aber bitte sorge dafür, dass all deine harte Arbeit nicht umsonst gewesen ist.«

Er steht auf, kommt auf meine Seite des Schreibtischs. Er küsst mich auf den Kopf.

»Nacht, Süße.«

Ich nicke und schaue ihm hinterher.

Er hat recht. Ich darf mich nicht so kontrollieren lassen. Jetzt nicht, nie mehr. Ich atme tief durch und hoffe, dass meine alte Stärke, mein Feuer, wieder erwacht.

Als ich nach Hause komme, bin ich froh, dass das Haus leise ist. Ich bin so ein Feigling.

Heute kommt er zurück. Ich zähle quasi die Stunden, bis Carter wieder zu Hause ist. Ich schaue ständig auf mein Handy, ob er mir eine Nachricht geschickt hat, dass er wieder da ist. Aber nichts. Gar nichts.

Ich verfalle in mein normales Muster: Mich in der Arbeit vergraben. Ich rede mit Frauen, die schon länger zu mir kommen, und auch mit einer, die gerade erst in unserem Studio angekommen ist. Meine Arbeit gibt mir immer einen tiefen Sinn von Befriedigung. Niemals mehr, als wenn ich die Resultate so klar sehen kann wie bei meinem letzten Gespräch des Tages.

Als Tori das erste Mal zu uns kam, war sie grün und blau geschlagen, war nur noch Haut und Knochen und hatte mehr Ähnlichkeit mit einem getretenen Welpen als mit einer erwachsenen Frau.

Und heute sitzt sie hier, strahlt, lacht, ist gesund, sieht wunderschön aus. Sie hat es geschafft. Ihr Ex-Mann sitzt hinter Gittern, sie hat ein neues Leben begonnen. Einen neuen Job, eine neue Liebe. Sie ist der Grund, warum ich das hier mache. Genau sie.

»Ich danke dir für alles, Mac. Ich weiß nicht, wo ich wäre, wenn ich dich, Shane, Jean und all die anderen nicht gehabt hätte.«

Ich spüre, wie sich meine Wangen rosa färben. »Du hättest es auch alleine geschafft, Tori. Das wissen wir alle, aber wir sind froh, dass wir einen Teil des Weges mit dir gehen konnten. All das, was du erreicht hast, ist dein Verdienst.«

»Ich mag die Schritte gegangen sein, aber Freunde, Familie und Therapeuten geben einem die Kraft, sie zu gehen.«

Als sie gegangen ist, denke ich darüber nach. Sie hat recht. Ich bin die Schritte auch alleine gegangen, aber weil es Shane gab, hatte ich mehr Kraft. Und weil es Carter gibt, werde ich auch die Situation mit seinen Jungs überstehen.

Mein Handy klingelt und teilt mir mit, dass Carter jetzt vom Flughafen nach Hause fährt. Seine SMS ist nicht besonders gefühlvoll, aber das sind sie nie. Und trotzdem weiß ich, dass er sich freut, mich bald schon wiederzusehen.

Ich packe meine Sachen zusammen und trete aus meinem Büro.

»Hey, Süße!«, ruft Sheila mir zu. »So früh verlässt du uns?« Sie lacht. Ihr ist also auch aufgefallen, dass ich in letzter Zeit länger hier war als sonst.

»Carter fährt gerade vom Flughafen nach Hause«, antworte ich grinsend. Nach Tagen des Regens kann ich wieder lächeln.

»Ah, Zucker für die Süße.«

»Vielleicht«, gebe ich zurück, was sie nur noch mehr zum Lachen bringt.

»Was ist hier los?«, fragt Jean plötzlich streng.

»Mac wird heute gevögelt«, erzählt Sheila ihm brühwarm.

Ganz toll.

»Sheila!«, zische ich. Es ist eine Sache, mit ihr über solche Themen zu sprechen. Eine ganz andere, auch mit ihm so offen zu sein. Wieso, weiß ich nicht, aber so fühlt es sich an.

Jean zuckt mit den Schultern. »Ich freu mich, wenn du Sex hast.«

Sheila lacht laut auf. »O mein Gott, Jean! So kannst du das nicht sagen. Du hörst dich an wie ein Stalker.«

Das bringt mich ebenfalls zum Lachen. Jean zwinkert mir zu. Der alte Fuchs.

»Fein, dann freuen wir uns alle«, meine ich.

»Worüber freuen wir uns?«, fragt Shane hinter mir und schlingt mir den Arm um den Hals.

»Dass Mac Sex hat.«

Er blickt mich an, als würde er mich wiegen. »Hebt die Moral in der Truppe.«

Ich boxe ihm den Ellenbogen in die Rippen. Fast. Er ist einfach zu schnell! Verdammter Marine!

»Du bist zu langsam, Kleine«, spottet er. »Versuch es noch mal.«

Er hüpft wie ein Boxer vor mir hin und her, schlägt die Fäuste in die Luft und sieht für so einen starken Mann reichlich albern aus. Ich muss so laut lachen, dass ich die Oberschenkel zusammen kneifen muss, um mir nicht in die Hose zu machen.

»Ihr habt alle einen Knall«, sage ich, als ich wieder sprechen kann. Solche Spinner.

»Solange es dich zum Lachen bringt«, meint Jean und zieht seine Frau an sich. Sie kuschelt sich gegen seine Seite. Ich liebe es zu wissen, dass sie sich so aufeinander verlassen können. Dass sie alles miteinander durchstehen, egal was kommt. Ich will so was auch haben. Habe ich so was?

Ich verabschiede mich von ihnen, um nach Hause zu fahren und es herauszufinden.

Als ich dort ankomme, sitzt Carter mit seinen Söhnen und ... Ich reiße die Augen auf ... mit seiner Exfrau auf der Couch.

Als er mich sieht, steht er auf, küsst mich und stellt mich vor. Ich setze mich hin.

»Entschuldigen Sie, das hier ist eine Familienangelegenheit«, giftet sie mich an.

Ich will schon aufstehen, als Carter mir die Hand auf den Arm legt. »Sie bleibt. Sie ist meine Familie.«

Durch mich strömt so viel Liebe, dass ich mich zurückhalten muss, um nicht debil zu grinsen.

Sie schaut mich abschätzig an und ich weiß, woher ihre Söhne den Blick haben. »Darf dein Spielzeug eigentlich schon Alkohol trinken?« Es wundert mich nicht, dass sie diese Frage stellt, denn ich kann die Alkohol-Ausdünstungen bis hier riechen. Ich erinnere mich, dass die Jungs sie als gemeine Trinkerin bezeichnet hatten ...

Carey grinst, Hunters Gesicht zeigt wie immer nichts. Carter antwortet: »Du bist in *meinem* Haus. Du redest mit *meiner* Freundin. *Du* willst etwas von *mir*. Ein bisschen Respekt wäre angebracht.«

»Redest du von *unserem* Haus?«, fragt sie. »Unserem Haus, in dem wir glücklich zusammengelebt haben?« Sie dreht sich zu mir. »Sagen Sie, Schätzchen, fühlen Sie sich hier wohl?«

»Lauren, es reicht«, sagt Carter leise. Er ist nicht der Typ, der laut wird. Nein, wenn er leise wird, dann ist was im Busch.

»Fein«, sagt sie und wirft die Hände in die Luft. »Kommen wir zurück zum Thema. Sie können nicht hier bleiben.«

Ich weiß nicht, ob ich erleichtert sein soll. Ihre Mutter will sie zurück? Ich freue mich für sie, weil es bestimmt nicht leicht war, dass ihre Mutter sie für Geld abgeben wollte.

»Wir hatten das schon, Lauren«, knurrt Carter. »Ich zahle dir höhere Alimente und die beiden wohnen wieder hier.«

»Aber sie sind meine Babys«, jammert sie. »Du und dein Spielzeug haben ihnen die Köpfe verdreht. Sie wollen bei ihrer Mom sein, so wie sich das auch gehört.«

»Sie wollen hier wohnen«, entgegnet Carter und ich frage mich, ob es so eine gute Idee ist, dieses Gespräch in Gegenwart der beiden zu führen. Ein Blick in ihre Gesichter beweist, dass dem nicht so ist.

»Vielleicht ist es besser, wenn ihr dieses Gespräch alleine führt?«, werfe ich ein.

»Halten Sie sich raus«, faucht sie.

»Lass es, Lauren«, grollt Carter.

Sie schaut zu ihren Söhnen. »Ihr wollt bei eurer Mom wohnen, nicht?«

Nicht einmal Hunter, dessen Gesicht auf Kommando vollkommen blank ist, kann verbergen, dass ihm diese Unterhaltung unangenehm ist. Ich sehe den Konflikt in seinem Gesicht. Er will seiner Mom nicht wehtun, gleichzeitig aber auch tun, was für seinen Bruder und ihn das Beste ist. Careys Gesicht sieht man den Herzschmerz noch deutlicher an. Er hat es noch nicht gelernt, seine Gefühle zu verbergen.

»Sie wollen hier wohnen«, wiederholt Carter fest. Ich bin froh, dass er das Reden übernimmt, aber seine Söhne sollten nicht hier sein. Auch wenn sie beinahe erwachsen sind, sollten sie nicht sehen, wie ihre Eltern um sie kämpfen. Ich kann es in Laurens Augen sehen. Sie kämpft nicht fair.

»Carey, du willst zurück zu Mommy, nicht?«, fragt sie in einem Tonfall, der wie Fingernägel auf einer Schultafel klingt.

Alle Emotionen zeigen sich auf seinem Gesicht. Gott, er tut mir leid. Ich umfasse die Armlehnen meines Stuhls fest, damit ich mich nicht einmische.

»Mom ...«, sagt er und seine Stimme klingt flehentlich.

»Hunter-Honey, komm mit mir nach Hause«, schnurrt sie.

Hunter schließt die Augen. Wie kann man das seinen eigenen Kindern antun?

»Lauren, es reicht. Ich sage dir, die beiden wollen hier bleiben, das sollte dir reichen«, meint Carter.

»Du willst mir meine Kinder wegnehmen!«, ruft sie aufgebracht.

»Sie wollen hier wohnen. Hier, wo ihre Freunde sind.«

»Sie haben auch Freunde in Miami«, entgegnet sie und legt ihre Hand auf Hunters Bein. »Komm mit nach Hause, Honey.«

Er nimmt seinen Mut zusammen. »Mom, Carey und ich wollen hier in San Diego bleiben. Bei Dad.«

Ihr Gesicht verwandelt sich in eine Fratze. »Was?«, kreischt sie. »Ihr undankbaren kleinen Widerlinge! Ich habe euch meine Jugend geopfert und so dankt ihr es mir? Ihr wollt bei eurem Vater bleiben, der unser Leben zerstört hat? Der unsere Familie kaputt gemacht hat? Ihr seid Abschaum! Ihr seid Versager. Ich hasse euch.«

# 8

# Hunter

Ich bin wie erstarrt, als meine Mom beginnt, Carey und mich zu beschimpfen. Ich kann gar nichts sagen. Sie ist meine Mom. Sie sollte mich lieben. Sie sollte die eine Person sein, die mich ohne irgendwelche Bedingungen liebt. Und nun sagt sie mir, dass sie mich hasst?

Ich kann nicht reagieren. Sogar mein natürlicher Instinkt ist ausgeschaltet, meinen kleinen Bruder zu beschützen. Ich habe nicht erwartet, dass meine Mom so wird. Ich mein, ich weiß, dass sie eine gemeine Betrunkene ist, aber trotzdem habe ich nicht erwartet, dass sie mich plötzlich so fertigmachen würde.

»Versager! Ihr seid genauso Verräter wie euer Vater! Ich hätte euch abtreiben sollen.«

Ihre Worte prasseln wie Maschinengewehrfeuer auf mich ein.

»Ich hab alles für euch gegeben und so dankt ihr es mir? Abschaum! Abschaum!«

Sie steht auf und schlägt mir mit der flachen Hand ins Gesicht. Es tut nicht besonders weh, der Schock ist schlimmer. Meine Mom hat mich noch nie geschlagen. Sie holt erneut aus, aber... der Schlag kommt nicht. Mac steht plötzlich vor mir. Meine Mom hat sie getroffen.

»Was denken Sie sich, wer Sie sind? Reden Sie nicht so mit ihnen!«, ruft sie wütend. »Sie haben nicht das Recht, die beiden so zu beleidigen!«

Mom wird rot im Gesicht und sie sieht aus, als würde sie gleich einen Schlaganfall bekommen. »Das sind *meine* Söhne! Mischen Sie sich nicht ein!«

»Ja, es sind Ihre Söhne, daher sollten Sie sie auch vernünftig behandeln! Was sind Sie denn für ein Vorbild? Sie missbrauchen Ihre Kinder verbal und das lasse ich nicht zu.«

Sie steht so nah vor mir, dass ihre Beine meine berühren. Ich kann ihre Fäuste sehen, die sich in den Stoff ihres Rocks krallen. Ich stehe langsam auf, stehe hinter ihr.

Und dann geht alles plötzlich schnell. Mom holt aus und trifft Mac im Gesicht. Sie schwankt und ich greife nach ihr. Mein Dad wacht auch aus seiner Starre auf. Ich frage mich einen Moment, warum er mich nicht beschützt hat. Aber ich sehe in seinen Augen, dass er genauso geschockt war wie ich. Dad reißt Mom nach hinten, die kreischt und mit den Armen rumfuchtelt, weil sie Mac noch erwischen will.

Meine Arme liegen um sie, stützen sie, bis sie ihr Gleichgewicht wieder gefunden hat. Sie brodelt und ruft wütend: »Kinder haben es verdient, von ihren Eltern bedingungslos geliebt zu werden! Kinder haben es verdient, von ihren Eltern bedingungslos beschützt zu werden. Eltern sollten niemals, niemals, niemals diejenigen sein, die ihren Kindern Kummer bereiten. Nicht die beiden sind die Schande. Sie sind es!«

Und dann schreit Dad Mom an und Mom Dad. Mac dreht sich zu uns um, greift nach Careys Hand, zieht ihn aus dem Sessel, wo er vollkommen verloren gesessen hat. Sie fasst mich am Arm und zieht uns zur Haustür.

»Steigt ins Auto«, sagt sie uns und wie in Trance tun wir es beide. Sie fährt mit uns zu einem Hügel, der den Ozean überblickt. Oben angekommen steigen wir aus. Wir starren alle drei auf den Pazifik, der eine wilde Schönheit besitzt.

»Immer wenn ich beinahe ohnmächtig vor Wut bin, komme ich hierher«, sagt sie plötzlich. »Und ich schreie. Ich schreie gegen den Wind an. Gegen die Wellen, gegen die Leere in meiner Brust.«

Sie geht einen Schritt zur Seite und schreit so laut sie kann: »Es ist nicht meine Schuld, dass du mich nie geliebt hast! Ich habe Liebe verdient!«

Ich schaue sie an, frage mich, was ihr Schicksal ist. Ich sehe, dass Tränen ihre Wangen runterlaufen. Was immer es auch ist, es verfolgt sie bis heute. Plötzlich will ich alles von ihr wissen. Will wissen, wie sie es geschafft hat, so stark zu werden, wieso sie sich für andere so vehement einsetzen kann, aber für sich nicht.

»Ich hasse meine Mom, wenn sie trinkt«, schreit Carey auf einmal. Ich sehe Tränen in seinen Augen. »Sie sollte mich lieben!«

Mac sieht die Tränen ebenfalls. Sie tritt hinter ihn, schlingt ihre Arme um ihn und hält ihn fest, während er auseinanderbricht. Er weint und schreit, kämpft gegen ihre Umarmung an, aber sie hält ihn fest. Sie lässt ihn nicht los. Er umfasst ihre Hände, presst sie enger gegen sich. Er sinkt zu Boden und sie mit ihm. Er dreht sich zu ihr, wickelt seine Arme um sie und weint an ihrer Schulter. Ich habe meinen Bruder noch nie so verzweifelt gesehen. Ich weiß nicht, was ich machen soll, bis Mac ihre Hand nach mir ausstreckt. Ich umfasse sie und sie zieht mich zu ihnen. Mit einem Arm hält sie Carey und den anderen legt sie um meine Schulter.

Mir laufen auch Tränen die Wangen runter. Es sollte mir unangenehm sein. Unangenehm, dass mein kleiner Bruder und vor allem *sie* sehen, dass ich weine. Aber das ist es nicht. Sie weint auch und sie teilt ihren Schmerz mit uns. Und wir unseren mit ihr. In diesem Moment verbindet uns etwas. Ich weiß nicht, was daraus wird, ob das überhaupt für eine Verbindung irgendeiner Art reicht, aber in diesem Moment erkennen wir alle drei, dass wir uns so ähnlich sind.

Ich lege auch einen Arm um sie und den anderen um Carey und wir halten uns gegenseitig.

»Warum liebt sie mich nicht? Was ist falsch an mir?«, flüstert Carey heiser.

Sie streichelt über seinen Kopf. »Nichts ist falsch mit dir. Es liegt nicht an dir. Du hast Liebe verdient.«

Ich höre ihre Worte und frage mich, wie sie das zu uns sagen kann, nachdem wir sie die letzten paar Tage schlecht behandelt haben. Mehr als schlecht. Unser Verhalten war unter aller Sau. Trotzdem stellt sie ihre eigenen verletzten Gefühle zurück, um uns zu helfen.

»Aber die Dinge, die sie gesagt hat ...«

»Die haben alle nur mit ihr zu tun, nicht mit euch. Sie hat Probleme. Zieht euch diesen Schuh nicht an. Alles, was sie gesagt hat, definiert nur sie. Lasst es euch nicht definieren.«

Ich stehe auf, schaue nach unten aufs Wasser. Vielleicht hilft es, seine Wut hinaus zu schreien. »Sie war die beste Mom und jetzt ist sie beschissen!«

Gar nicht so verkehrt. Es fühlt sich an, als würde ein kleines Gewicht von meiner Brust genommen werden.

»Ich hasse, dass unsere Familie zerbrochen ist!« Und ein weiterer kleiner Knoten löst sich.

Carey steht auf und schreit: »Ich hasse, dass Dad Mom keine zweite Chance gegeben hat!«

Ich sehe, dass Mac ebenfalls aufsteht. Sie klopft sich den Staub von der Hose und schreit: »Ich hasse, dass meine Mom nicht stark genug war!« Und wieder frage ich mich, was ihre Geschichte ist.

»Warum hat Dad Mom nicht genug geliebt?«, brülle ich in den Wind.

»Wieso hat er uns nicht genug geliebt, um unsere Familie beieinander zu halten?« Careys Stimme wird kräftiger.

»Ich vermisse dich!«, schreit Mac. Wen vermisst sie?

»Ich hasse, dass Dad nicht um uns gekämpft hat!«

Carey ruft so laut er kann: »Ich will Mac hassen, aber ich kann nicht!«

Sie schaut zu ihm. Er schaut zu ihr und in diesem Moment sieht er wie der kleine Junge aus, der er in meiner Erinnerung immer noch ist. Sie reicht ihm ihre Hand. Er zögert einen Moment, bevor er sie ergreift. Dann schaut er zu mir und reicht mir seine andere. Ich ergreife sie und einen langen Moment stehen wir alle drei auf der Spitze des Hügels, der Wind zerrt an unseren Klamotten, Macs dunkle Haare wehen um ihren Kopf, Careys zu lange Haare wirbeln umher.

Irgendwann sagt Mac: »Gehen wir Eis essen.«

Wir steigen in ihr hässliches pinkes Auto. Irgendwelche alberne Musik ertönt und ich drehe am Radio, bis Green Day's *Basket Case* ertönt. Sie überrascht mich, als sie den Text mitsingt.

Carey hält sich die Ohren zu und schreit: »Du singst voll scheiße!«

Sie zuckt mit den Schultern, grinst und singt weiter. Punkbands sind nicht unbedingt für ihren wohltönenden Gesang bekannt, aber Mac ist schrecklich. Sie kann überhaupt nicht singen. Ich starre sie an, als wäre sie verrückt. Aber dann zucke ich mit den Schultern und steige beim Refrain mit ein. Sie lacht. Gemeinsam singen wir viel zu laut und schräg mit. Carey lacht sich auf dem Rücksitz kaputt, bevor er auch mitmacht.

Es tut gut. Es ist abgefahren, weil ich kein Mädchen kenne, das so was machen würde, nicht mal Ava, und sie ist eindeutig das coolste Mädchen, das ich kenne. Alle versuchen immer, vor Typen möglichst perfekt zu sein, aber Mac ist es egal. Sie weiß, sie kann nicht singen, aber sie tut es trotzdem.

Wir halten an einem Drive-in und sie bestellt uns riesige Eistüten, die wir auf dem Parkplatz verspeisen. Auf dem Heimweg singen wir *Everlong* von den Foo Fighters, *Kryptonite* von 3 Doors Down und *Last Resort* von Papa Roach, aber als sie mit *I will always love you* von Whitney Houston ankommt, buhen wir sie aus.

Als wir vor unserem Haus halten, sind wir auf jeden Fall besserer Laune als beim Wegfahren. Und das haben wir, so merkwürdig es auch ist, Mac zu verdanken. Als wir aussteigen, kommt uns Dad entgegen.

»Wo wart ihr? Wieso seid ihr nicht ans Handy gegangen? Ich hab mir Sorgen gemacht!«, ruft er uns zu.

Er umarmt mich, klopft mir auf die Schulter. Dann geht er zu Mac, aber sie gibt ihm ein Zeichen, dass er zu Carey gehen soll, was er auch tut. Er zieht ihn fest in die Arme. Wir gehen langsam rein. Mom ist nicht mehr da. Mac und ich atmen gleichzeitig auf. Ich ziehe spöttisch die Augenbraue hoch und sie tut es ab.

»Wo wart ihr?«, fragt Dad wieder, als er mit Carey reinkommt.

»Auf dem Wutberg«, antwortet Mac.

Er sieht sie fragend an. »Es hilft beim Verarbeiten von Gefühlen, wenn man seine Wut rausschreit.«

Er nickt langsam. »Hat es geholfen?«, fragt er uns. Wir beide nicken.

Er fährt sich mit der freien Hand durch die Haare. »Ich muss mich bei euch entschuldigen. Ich hätte eure Mutter diese schrecklichen Dinge niemals sagen lassen dürfen. Ich war in dem Moment so geschockt ... Ich weiß, ihr habt mir immer mal wieder erzählt, wie eure Mom jetzt ist, aber es war das erste Mal, dass ich es erlebt habe. Sie war so gar nicht mehr die Frau, die ich mal kannte. Es tut mir leid, dass ich euch nicht beschützt habe. Es wäre meine Aufgabe gewesen und ich hab sträflich versagt.« Er schaut Carey an, der nickt. »Ich liebe euch beide sehr. Ihr seid die wichtigsten Menschen in meinem Leben. Ich will, dass es euch gut geht, dass es euch an nichts fehlt. Wenn ich gewusst hätte, wie eure Mom jetzt ist, hätte ich euch nie nach Miami gehen lassen.« Ich nicke.

Als Mom das erste Mal ausgerastet ist, war es auch wie ein Schock für mich. Ich kann verstehen, dass er wie vor den Kopf geschlagen war. Ich wünschte, es wäre anders gewesen, aber ich verstehe es.

»Schon gut, Dad. Wir wollten ja zu Mom«, antworte ich.

Er schaut Mac an. »Danke, dass du meine Jungs verteidigt hast.«

Sie winkt ab, als wäre das keine große Sache. Aber das ist es. Vor allem, nachdem wir sie die ganze Zeit nur niedergemacht haben. Gott sei Dank hat Mom wie ein Mädchen geschlagen. Wenn Mac jetzt auch noch ein blaues Auge oder so hätte, würde ich mich noch mieser fühlen.

»Ich muss duschen gehen«, sagt sie und läuft schnell die Treppe hoch, als wäre es ihr unangenehm, dass der Fokus auf ihr liegt. Dad hält sie auf und küsst sie auf die Stirn, bevor sie flieht. Ich sehe so viel Liebe in seinem Blick, dass ich mir noch mehr wie ein Arschloch vorkomme.

Einen Moment stehen wir alle drei da und wissen nicht genau, wie wir miteinander jetzt umgehen soll. Dad hat uns immer wissen lassen, dass er uns liebt, dass wir wichtig für ihn sind, aber nie in solcher Klarheit. Wir wissen nicht so recht, wie wir nach dieser Liebeserklärung agieren sollen.

»Macht ihr heute noch was oder bleibt ihr hier?«, fragt Dad.

Ich schaue Carey an. »Ich denke, wir bleiben heute hier.«

Er lächelt erfreut. »Pizza und Baseball?«

Carey grinst. »Hört sich gut an.«

Dad fährt Carey durch die blonden Haare. »Das hör ich gern.« Er geht ans Telefon und bestellt zwei große Pizzen. Eine Salami und eine halb Peperoni und Käse und halb Pilze. Da keiner von uns Pilzpizza isst, wird sie wohl für Mac sein.

Ich hol Gläser und Coke aus der Küche und wir setzen uns auf die Couch, sehen uns die Berichterstattung vor dem Spiel der LA Dodgers an. Wir sind alle nicht so sehr an Baseball interessiert. Schauen mal ein Spiel, verfolgen sie aber nicht so obsessiv wie Footballspiele, die uns allen drei heilig sind. Obwohl es mit den San Diego Padres ein Team unserer Heimatstadt gibt, sind wir in diesem Fall keine Lokalpatrioten. Wir mögen die New York Yankees und die Boston Red Sox oder auch die Dodgers.

Als die Pizza kommt, hören wir Schritte auf der Treppe. Mac kommt in Yogapants und Schlabberpulli nach unten. Sie ist unsicher, ob die heutigen Ereignisse was geändert haben oder nicht. Mein Blick fährt über ihren Körper. Ich finde sie immer noch heiß, aber ich fühle, dass sich etwas in mir geändert hat. Ich glaube immer noch, dass sie ein Motiv dafür haben muss, mit einem älteren Mann auszugehen, aber sie hat uns heute gezeigt, dass sie ein Mensch aus Fleisch und Blut ist, dass sie für diejenigen eintritt, die sich nicht selbst verteidigen können, dass sie ein großes Herz hat.

»Wir haben dir eine Pizza mit Pilzen bestellt«, sagt Dad. Sie lächelt zögerlich. Auf der Couch neben Carey ist noch Platz und sie setzt sich. Ich weiß, dass wir beide schuld sind, dass sie so ängstlich im Umgang mit uns ist, aber ich spüre, dass es mir nicht gefällt. Es schmerzt ein wenig.

Carey reicht ihr ein Glas Coke. »Oder willst du was anderes?«

Sie schüttelt den Kopf. »Nein, Cola ist okay.«

Er nickt und wendet sich dem Spiel zu. Wir essen Pizza, fluchen, wenn die Dodgers Punkte liegen lassen, freuen uns, wenn sie einen Homerun schaffen, was nicht so häufig vorkommt, wie man denkt.

Mac bringt sich nicht viel ein, was ich ihr nicht verübeln kann, aber es ist keine so angespannte Atmosphäre, wie es in den letzten Tagen war. Es ist nett, es fühlt sich sogar ganz heimelig an.

9

# Mac

Eigentlich wollte ich mit Carter über das Verhalten seiner Söhne reden. Eigentlich. Aber nach dem heutigen Tag habe ich das Gefühl, dass dies gar nicht mehr nötig ist. Ich kann mir nicht vorstellen, dass sie mich noch einmal so angehen werden wie in den letzten Tagen. Dazu ist zu viel in zu wenigen Stunden passiert.

Aber ich muss mit Carter reden. Ich muss wissen, was mit seiner Ex ist und was er zukünftig zu tun gedenkt, um seine Söhne vor dieser Irren zu schützen. Ich werde sie natürlich nicht als Irre bezeichnen. Es macht nie einen guten Eindruck, wenn die neue Freundin die alte beschimpft.

Dass sie durchgedreht ist, steht vollkommen außer Frage. Total vollkommen.

»Carter ...«, beginne ich, als er aus dem Bad kommt. Er hat nur noch Boxershorts an und sein trainierter Körper bietet einiges an Ablenkungspotential. Lecker.

»Ja, Sweetheart?« Er lächelt mich an. Gott, dieses Lächeln lässt meine Knie schwach werden.

Ich schließe die Augen. »Was hast du mit ihrer Mom gemacht?«

Als ich die Augen wieder öffne, steht er direkt vor mir und schaut zu mir hinunter. »Wieso hattest du die Augen zu?«

»Na, weil ... nun ja ... ich mein ... weil ... weil ... hmmh ... ähm... du lenkst mich ab!«

Er grinst. »Womit denn?«

»Das weißt du ganz genau!«

Er fasst nach meinen Händen und legt sie auf seine Brust. »Du darfst ruhig anfassen.«

Ich muss grinsen. »Ich weiß. Aber wir müssen erst reden.«

Er küsst meine Wange, meinen Hals. »Wie wär's, wenn ich dich erst ablenke und wir dann reden.«

»Danach haben wir noch nie geredet. Jetzt ist die einzige Chance.«

Er nickt bekümmert. »Das stimmt leider. Du machst mich immer so vollkommen fertig, dass ich dringend meinen Schlaf brauche, um mit dir jungem Hüpfer mithalten zu können.«

»Du bist unmöglich.«

Er streicht mir die Haare aus dem Gesicht. »Total. Also gut, reden wir.«

Er setzt sich aufs Bett mit dem Rücken gegen das Kopfteil und hält seinen Arm für mich auf. »Komm.«

Ich kuschel mich neben ihn. Er drückt einen Kuss auf meinen Kopf.

»Ich hab ihre Mutter in ein Hotel geschickt. Sie soll morgen zurück nach Miami fliegen. Ich verdopple ihre Alimente, dafür hält sie sich fern.«

»Hmmh.«

»Was?«

Ich schaue auf. »Ich bin mir nicht sicher, ob es eine gute Idee ist, dass sie sich nicht mehr meldet.«

»Du hast gehört, was sie gesagt hat.«

»Natürlich. Aber die beiden lieben ihre Mom. Sie wollen Kontakt zu ihr. Vielleicht wäre die Lösung, sie in den Entzug zu stecken, statt ihr Schweigen zu erkaufen.«

Er fährt sich durch die blonden Haare. »Ich würde sie gerne in eine Klinik bringen, aber das muss sie auch wollen. Ansonsten ist sie einen Tag nach dem Aufenthalt erneut betrunken.«

Ich nicke und male kleine Kreise auf seinen Bauch. »Ich weiß. Aber die Idee, dass ihre Mom sich nie wieder bei ihnen melden wird, gefällt mir nicht.«

»Es ist nicht ideal«, gibt er zu.

»So kann man es auch sagen.«

Er lächelt und zieht leicht an einer Strähne. »Ganz schön frech.«

Ich setze mich auf. »Ich weiß, du willst das Beste für deine Kinder.«

»Das ist immer meine Priorität.«

»Dann glaub mir, dass es für sie beide nicht gut ist, wenn ihre Mutter sich nicht mehr meldet. Sie werden sich ungeliebt und wertlos vorkommen. Sie werden es nicht so sehen, dass es besser für sie ist. Auch wenn sie fast erwachsen sind, brauchen sie immer noch die Zuneigung ihrer Mutter.«

»Das nennst du Zuneigung? Sie hat sie zerstört!«

»Ja, das hat sie. Aber sie war betrunken. Wenn sie nüchtern ist, wird ihr alles leidtun. Meinst du nicht?«

Sein ganzer Körper versteift sich. »Das ist mir scheißegal. Ich werde meine Jungs nicht noch einmal einem solchen Albtraum aussetzen.«

»Aber ...«

»Kein aber! Ich will nicht, dass diese Furie sie noch einmal belästigt.«

»Carter, ich glaube wirklich, dass du einen Fehler machst.«

»Das steht dir frei. Es ändert aber nichts an meiner Meinung.«

»Willst du sie nicht wenigstens fragen, was sie wollen?«

Er schaut mich durchdringend an. »Nein. Ich bin ihr Vater. Ich entscheide das.«

»Aber Hunter ist schon fast achtzehn ...«

»Ja, und? Ich sag dir eins, Mac, wenn du selber irgendwann mal Kinder hast, wirst du erkennen, das man manchmal Dinge auch ohne ihr Einverständnis entscheiden muss, einfach weil es das Beste für sie ist und sie das noch nicht erkennen können.«

Ich hätte nie gedacht, dass Carter mal einen solchen Unsinn reden würde. »Das kann nicht dein Ernst sein.«

»Mein voller Ernst.«

Ich weiß nicht, ob ich mit offenem Mund dasitze, aber ich denke, ich tu's. Wow. Bisher habe ich Carter für einen sehr guten Vater gehalten, aber jetzt gerade liegt er falsch. Vollkommen falsch.

Als ich nichts sage, meint er: »Wenn du nichts mehr zu sagen hast, gehen wir schlafen. Gute Nacht, Mackenzie.«

Er dreht sich auf die Seite und schaltet die Lampe auf seinem Nachttisch aus. Ist das jetzt unser erster echter Streit? Wow. Ich hätte nie gedacht, dass es so rum ablaufen würde. Ich mein, ich dachte schon, dass es um seine Söhne gehen würde, aber niemals, dass ich ihre Verteidigerin wäre.

Ich gehe ins Bad, schminke mich ab, putze meine Zähne, bevor ich mich ausziehe und dann nackt zu Carter ins Bett krabbel. Ich rutsche an ihn heran, umschlinge ihn mit den Armen und drücke meine Vorderseite gegen seinen Rücken.

»Es tut mir leid«, flüstere ich. »Es ist deine Sache. Nicht meine.«

Er tätschelt mir die Hand. »Mir tut es leid. Du hast sie heute wie eine Löwin verteidigt, da sollte ich dir auch das Recht zugestehen, deine Meinung zu äußern, ohne pissig zu werden.«

Ich drücke einen Kuss auf seine Schulter. »Alles wieder gut?«

Er dreht sich um, zieht mich in seine Arme. »Alles wieder gut.« Er küsst meine Stirn. »Ich liebe dich, Sweetie.«

Ich hauche einen Kuss auf seine Lippen. »Ich dich auch.«

Am nächsten Morgen mache ich Frühstück. Ich weiß nicht, wie es den Jungs geht, ob sie das Drama überstanden haben, aber ich hoffe einfach, dass der gestrige Fortschritt in unserer Beziehung, so gezwungen er auch war, nicht wieder zunichte gemacht wurde. Hoffe ich. Sehr.

»Morgen, Sweetie. Für mich nur Kaffee.« Carter küsst mich auf die Stirn und ich reiche ihm eine Tasse Kaffee.

»Danke. Ich schätze, die Jungs genießen noch ihre Ferien.« Er schaut auf die Uhr. »Ich muss auch los. Wir sehen uns heute Abend.«

Ich nicke und mache den Jungs Frühstück. Pathetisch? Dein Name ist Mackenzie Hall.

Ich höre Schritte von nackten Füßen die Treppe runterkommen. Also ist zumindest einer von beiden wach. Ich drücke innerlich die Daumen, dass ich nicht wieder Staatsfeind Nummer Eins bin.

»Morgen«, höre ich Hunters raspelige Stimme.

»Morgen«, sage ich lächelnd und drehe mich zu ihm um. Er trägt Shorts und ein T-Shirt. Er hat morgens noch nie mehr getragen als das. »Frühstück?«

Er nickt. »Kaffee vor allem.«

Als ich losrenne, um ihm eine Tasse zu holen, sagt er: »Ich mach das schon.« Ich stoppe. Irgendwie hört es sich wie eine Zurückweisung an. »Ich mein, du musst mich nicht bedienen«, fügt er leise hinzu.

»Okay.« Ich stehe ein wenig unschlüssig in der Gegend rum, bevor ich sage: »Ich hab Eier und Speck gemacht. Im Kühlschrank ist Obstsalat. Wenn du lieber was anderes willst ...«

»Hört sich gut an.«

Mir ist nicht ganz klar, zu welchem Teil meines Satzes er das sagt. »Soll ich ...?«

»Chillax.«

Er hat ja recht. Ich laufe wie ein aufgescheuchtes Huhn durch die Gegend. Ich setze mich hin, verknote die Finger.

»Atmen nicht vergessen.«

Ich muss lächeln, als ich einatme. Er ist viel zu scharfsinnig.

»Alles okay?«, frage ich nach einer Weile, die ich damit verbracht habe, ihm beim Kaffeetrinken zuzusehen.

Er nickt langsam. »Wird schon.«

»Wie geht es Carey?«

Er schaut an die Decke. »Hat ihn hart getroffen.«

Ich bin einen langen Moment still, weil ich die Grenzen nicht übertreten will. Aber dann sage ich: »Vielleicht sollte er mit jemandem reden.«

»Wie ein Therapeut?«

»Ja, genau.«

»Hmmh.«

»Ich könnte einige empfehlen ...«

»Ich will nicht zu einem beschissenen Seelenklempner! Ich bin nicht verrückt!«, kommt da Careys Stimme hinter uns.

Wir drehen uns beide zu ihm um. Er sieht wütend aus. »Niemand sagt, dass du verrückt bist, aber es könnte dir helfen.«

»Ich komm alleine klar!« Er funkelt mich wütend an und ich frage mich unwillkürlich, ob ich alles wieder zunichte gemacht habe.

»Okay«, sage ich beschwichtigend. »Aber falls du reden willst, kann ich dir Empfehlungen geben.«

»Hmpf.« Er setzt sich auf einen Stuhl und zieht eine Tasse und die Kanne zu sich. Ich weiß ja nicht, ob ein Fünfzehnjähriger schon Kaffee trinken muss. Andererseits, wer muss schon Kaffee trinken?

»Eier und Speck?«, frage ich nach einer Weile. Sie nicken beide, aber bevor ich aufstehen kann, macht es Hunter.

Sie essen schweigend, bevor Carey mit vollem Mund fragt: »Wieso kannst du Empfehlungen geben?«

»Ich bin Therapeutin und hab viele tolle Kollegen.«

Er zieht die Augenbrauen zusammen. »Ich wusste nicht, was du machst.«

Ich zucke mit den Schultern. »Wir haben ja noch nicht viel geredet.«

Er nickt und widmet sich wieder seinem Frühstück.

»Vielleicht ist es keine so schlechte Idee ...«, meint Hunter plötzlich.

Carey schaut auf. »Was?«

»Ich mein, vielleicht solltest du drüber nachdenken.«

»Denkst du, ich bin durchgeknallt?«

Hunter schüttelt entschieden den Kopf. »Niemals.« Er ist einen Augenblick ruhig. »Aber ... fuck, ich mein, das drüber Reden mit Mac hat geholfen. Oder?«

Carey nickt zögerlich.

»Vielleicht wäre es eine gute Idee.«

Ich schaue auf die Uhr und sehe, dass ich los muss. »Denk einfach drüber nach. Okay?«

Er antwortet nicht, aber ich sehe es hinter seiner Stirn rattern. Das ist schon mal ein gutes Zeichen.

»Ich muss los. Bis heute Abend.«

»Bye«, murmeln sie beide.

Na gut, beste Freunde sind wir nicht, aber das Eis ist ganz eindeutig geschmolzen. Und nicht nur das. Ich hatte nicht eine Sekunde Angst mit ihnen. Im Grunde sind sie auch nur überdimensionierte Welpen. Sehr überdimensioniert.

Ich habe bis zum frühen Nachmittag Termine, aber dann habe ich Zeit für einen Kurs bei Jean. Wie jedes Mal macht er ein großes Spektakel daraus, mich fertigzumachen. Aber die anderen Kursteilnehmerinnen finden es lustig, und das ist doch die Hauptsache. Also ertrage ich seine verbale Diarrhöe mit Gelassenheit. Aber ich mache mir eine Notiz, dass ich ihm bei Gelegenheit Essig in seine Wasserflasche kippen muss.

Auch wenn ich wenig Zeit habe, versuche ich zwei- bis dreimal die Woche an Kursen teilzunehmen. Ansonsten wäre mein Hintern noch dicker. Nicht, dass er nicht schon groß wäre, aber ohne Sport würde ich bald nicht mehr durch die Tür passen.

Vielleicht sollte ich es einfach aufgeben. Ich mein, ich esse gesund, ich mache Sport, was sollte ich sonst noch tun? Es soll eben nicht sein. Ein kleiner Hintern und ein kleiner Busen, die in diese schicken kleinen Bikinis passen, ist mir anscheinend nicht vergönnt. Muss ich wohl mit leben.

Nach dem Training dusche ich, bevor ich Sheila frage, ob sich noch jemand eingetragen hat. Als sie das verneint, beschließe ich, den Tag früher zu beenden und noch in die Mall zu fahren. Ich hatte in einem Katalog ein hübsches Kleid gesehen. Vielleicht ist es ja in meiner Größe vorrätig.

Ich schreibe Brittany eine Nachricht, wo ich bin, für den Fall, dass sie Zeit hat. Ich gehe allerdings nicht davon aus, denn sie datet momentan einen Musiker, der ihr Tag und Nacht den Kopf verdreht. Roberto. Ja, das klingt auch wie eine Sünde.

Als ich glücklich mit meinem Kleid aus dem Laden komme, sehe ich eine Gruppe Jugendlicher am Brunnen in der Mitte der Mall stehen. Einer hebt die Hand. Ist das Carey? Vielleicht sollte ich doch mal die Brille aufsetzen. Aber dann kommt er zu mir gejoggt und ich kann das Raten einstellen. Es ist Carey.

»Hey.«

»Hey«, antworte ich.

»Was machst du hier?«

»Shoppen.« Ich halte die Tüte hoch, die ihn aber nicht wirklich interessiert.

»Ich hab nachgedacht ...«

»Okay.«

Er fährt sich durch die zu langen blonden Haare. »Vielleicht ist die Idee doch nicht so schlecht.«

»Ich denke, das ist die richtige Entscheidung. Ich kann dir ein paar fähige Leute nennen.«

Er schüttelt den Kopf. »Auf keinen Fall. Ich werd keinem anderen mein Herz ausschütten. Das mach ich nicht.«

Verwirrt blicke ich ihn an. »Aber wie soll dir dann jemand helfen?«

Er blickt mich beinahe trotzig an. »Ich rede mit dir.«

Vollkommen perplex schaue ich zu ihm auf. »Mit mir?«

»Ja, mit dir. Du hast gesagt, du kannst das.«

»Das stimmt ja auch, aber ...«

»Dann ist ja alles geritzt.«

»Stopp, nein!«, rufe ich, als er sich anschickt, zu gehen. »Carey, das geht nicht. Es ist keine gute Idee, eine Therapie bei einem Bekannten zu machen.«

»Ich rede mit niemandem sonst. Wenn du willst, dass ich rede, dann nur mit dir.« Und mit diesen Worten steckt er die Hände in die Hosentaschen, dreht sich um und schlendert zu seinen Freunden. Hunter starrt in meine Richtung und mal wieder zeigt sein Gesicht keine Regung.

»Hi, Mac«, sagt da plötzlich Brittany neben mir.

»Oh, hey«, sage ich und umarme sie. »Schön, dass du noch gekommen bist. Gehen wir einen Kaffee trinken?«

»Sehr gerne, aber vorher sag mir, wer das gerade war.« Sie schaut zu den Jungs rüber.

»Das war Carey.«

»Carey wie in Carters Sohn?«

Ich nicke.

Sie fängt an zu lächeln. »Er sieht seinem Dad sehr ähnlich. Und welcher ist Hunter?«

»Starr da nicht so rüber!«

»Welcher ist es?«

»Der Sitzende mit den dunklen, kurzgeschorenen Haaren.«

»Jeans und weißes T-Shirt?«

»Ganz genau.«

»Heiß.«

»Brittany!«

»Was denn?«

»Er ist siebzehn und dazu noch Carters Sohn!«

»Ich hab nur gesagt, dass er sexy ist. Das werd ich ja wohl noch dürfen.«

»Aber ...« Ich schließe den Mund. Es stimmt. Sie hat nur einen Fakt genannt. Hunter sieht gut aus. Für einen Minderjährigen.

»Ha!« Triumphierend fuchtelt sie mit dem Finger vor meiner Nase rum. »Gehen wir Kaffeetrinken.«

Sie hakt sich bei mir unter und wir gehen. Nicht ohne, dass ich noch mal kurz in Hunters Richtung schaue. Sein Blick findet meinen und lässt mich nicht los. Erst, als Brittany mich um eine Ecke zieht, verliere ich den Kontakt. Was war das für ein intensiver Blick!

# 10

# HUNTER

»Wenn ich aus New York zurück bin, sollten wir mal dein Auto kaufen.«

»Cool.« Ich frage mich, warum er schon wieder weg muss. Wenn ich eine geile, junge Freundin hätte, wüsste ich, wo ich mit ihr wäre. Also, ich mein natürlich, wenn ich im Alter meines Dads wäre. Wenn ich jetzt eine Jüngere hätte, wäre sie wahrscheinlich zwölf und würde Zahnspange tragen. Muss nicht sein.

»Seid brav, Jungs.« Er ist schon halb aus der Tür, als er noch hinzufügt: »Ach ja, könnt ihr Mac sagen, dass ich heute Abend ein Meeting habe und sie erst morgen anrufe?«

Carey zuckt mit den Schultern. »Klar, kein Ding.« Dad nickt und verschwindet.

Ich frage mich, was diese kryptische Nachricht heißen soll. Er könnte ihr ja auch einfach eine Textnachricht schreiben wie sonst auch. Was ist das für ein Meeting, bei dem er nicht mal Zeit für eine SMS hat?

»Wollen wir zum Strand?«, fragt Carey. Er scheint nichts mitbekommen zu haben. Vielleicht achtet er einfach nicht auf jedes einzelne Wort, das im Zusammenhang mit Mac gesagt wird. Ich hab sie doch nicht mehr alle.

»Klar.«

Als wir an unserer normalen Stelle ankommen, sind Devon und Ava schon da.

»Hey, Mann«, begrüßt uns Devon und hält uns die Faust hin. Ava macht das auch, aber ihr klatsche ich die Faust nicht so hart dagegen wie ihrem Kerl.

»Weichei«, stellt sie grinsend fest.

»Da will man einmal ein Gentleman sein und das ist auch nicht richtig«, scherze ich.

»Gentleman!« Sie fängt an zu lachen. »Du weißt ja nicht mal, wie man das Wort buchstabiert!«

»Doch, natürlich«, antworte ich gespielt beleidigt. »G – E – N – D ...«

Ihr Lachen ist so laut, dass meine beschissenen Ohren klingen. Zur Strafe fängt sie an zu husten, aber selbst das stoppt sie nicht.

Wir setzen uns in den Sand. Die Sonne brennt auf uns herab. Kalifornische Sommer sind heiß, lang und dafür gemacht, sie mit seinen Freunden zu verbringen. Dass man auch kackbraun wird, ist ein Pluspunkt bei den Weibern. Bei Mac auch? Und wieder einmal denke ich an sie.

Ich frage mich, wieso Dad uns aufgetragen hat, Mac eine Nachricht zu übergeben. Dazu kommt noch der komische Inhalt. Betrügt er sie? Ich hoffe nicht. Obwohl ... wirklich? Keine Ahnung. Natürlich will ich nicht, dass sie leidet ... Fuck. Wieso habe ich ein Gewissen?

»Hunt.«

»Hmmh?«

Devon boxt mir gegen die Schulter. »Wo bist du, Alter?«

Ich kratze mir den Nacken. »Fuck, wenn ich das wüsste.«

»Wann fahrt ihr ins Footballcamp?«

»In zwei Wochen.«

»Gut. Ich will, dass du bei den Try-Outs mitmachst.«

»Klar.«

»Wir können einen guten Wide Receiver gebrauchen.«

Ich nicke. »Das könnt ihr echt.«

Er boxt mich erneut und ich lache. »Hey, ist nur die Wahrheit.«

»Du bist ein Angeber, Tilman.«

»Quatsch, ein Faktenerzähler.«

»Du laberst Scheiße.«

»Ach ja?«

»Ja!«

»Wer zuerst an der Rettungsboje ist.«

Wir springen gleichzeitig auf, rennen ins Meer und schwimmen los. Der Weg ist nicht weit, aber das Wasser arschkalt. Kalifornien hat eben nicht das wärmste Wasser. Aber jetzt haben wir nun mal gewettet, daher müssen wir das auch durchziehen. Also ich mehr als er.

»Fuck, du Bastard! Ist das kalt!«, ruft er zu mir herüber. Aber ich lache nur, wobei mir Salzwasser in den Mund läuft. Fuck, ekelig.

Als wir gleichzeitig an die Boje klatschen, müssen wir grinsen. Obwohl es so kalt ist, dass meine Eier in den Körper schlüpfen. Fuck. Wer hatte noch mal diese beschissene Idee?

Wir schwimmen schnell zurück. Nur raus aus diesem Eisbad.

Zurück am Strand sehen wir, dass die anderen angekommen sind.

»Hunt, dreh nicht durch.«

Ich schaue auf. »Was?«

Devon antwortet: »Jensen.«

Ich beiße die Zähne zusammen. »Ich will diesen Schwanzlutscher nicht mehr hier haben.«

»Und ich stimme da vollkommen mit dir überein, Bro. Aber lass mich das regeln.«

»Wieso?«

»Weil ich diplomatischer bin als du.«

Ich reibe mir die Nase. »Da könntest du recht haben.«

»Du hältst dich also raus?«

Ich nicke.

Wir gehen auf die anderen zu. Fisher hebt sofort beschwichtigend die Hände. »Hör zu, Bro. Jensen tut es wirklich leid.«

Er spricht mich an, aber Devon ergreift das Wort. »Das ist egal. Was er getan hat, war scheiße. Du kannst machen, was du willst, aber wir wollen ihn nicht mehr dabei haben.«

»Devon, Mann ... Wir kennen uns seit Jahren«, wirft Jensen ein.

»Und seit Jahren baust du Scheiße.«

»Ich verspreche ...«

»Es war nicht das erste Mal. Wir alle haben gesehen, dass du es gemacht hast.« Ich hätte dem Pisser bereits eine reingehauen. Gut, dass Devon das Reden übernommen hat. Ich stelle mich aufrechter hin, zeige, was ein riesiger Bastard ich bin. Arme vor der Brust verschränkt. Kein Wunder, dass Mac Angst vor mir hatte, als ich so vor ihr stand.

»Nie wieder, okay, Mann? Nie wieder.«

Ein Typ, der jammert, bettelt und fleht, hat keinen Respekt. Mag eine Scheiß-Machoregel sein, aber es ist, wie es ist. Und genau das sehe ich in allen Gesichtern. Nicht mal Fisher würde jetzt noch für ihn sprechen.

»Verschwinde. Du bist raus.« Ich nicke. Ich hätte es Devon gar nicht zugetraut, so knallhart zu sein. Bisher war er immer eher der Versöhner.

»Alter, Mann ... Jeder macht mal Scheiß. Und ich war betrunken. Kommt schon!« Er schaut zu mir, aber er erkennt, dass es bei mir keine Vergebung zu holen gibt.

»Fisher.«

Dieser setzt sich in Bewegung. »Komm mit, Mann. Du machst dich lächerlich.«

Jensen jammert noch weiter, versucht, Fisher zu überzeugen, für ihn einzutreten, aber es nützt nichts. Niemand von uns will ihn noch dabei haben. Alle anderen entscheiden sich zu bleiben.

Devon hält mir die Faust hin und ich schlage ein. Das hat er eiskalt durchgezogen.

Es wäre übertrieben zu sagen, dass von nun an alles gut ist, aber es ist besser. Dad ist wie immer viel auf Geschäftsreisen, Mac ist dann alleine mit uns, aber anders als beim ersten Mal gibt es keine Probleme mehr. Wir haben zwar nicht viel Zeit miteinander verbracht – diese Frau ist echt ein Workaholic! Schlimmer als Dad –, aber wir haben akzeptiert, dass sie das Sagen hat. Vor allem, weil sie uns viel Freiraum lässt. Dad ist auch kein superstrenger Vater, aber Mac hat nie einen Zweifel daran gelassen, dass sie uns für verantwortungsbewusst genug hält, auch eigene Entscheidungen zu treffen.

Der Sommer ist cool. Neben Fisher hängen wir viel mit Devon und Ava rum. Entweder am Strand oder bei uns zu Hause. Fishers Eltern sind den Sommer über da, bei Devon ist immer jemand da, aber bei uns haben wir Ruhe. Und einen Pool. Und Mac, die die beste Barbecuesauce macht.

Wir haben nicht viel Scheiße gebaut. Einmal war Carey total besoffen, als wir nach Hause kamen, und Mac wischte seine Kotze weg. Einmal spielten wir im Garten Football und Devon warf den Ball so fest, dass er bei unserem Nachbarn eine Scheibe zertrümmerte. Und dann ist da noch der Versuch, das Chili aufzuwärmen, das Mac am Vortag gekocht hatte. Nur leider waren wir abgelenkt und achteten nicht darauf, bis sich die Suppe in die Schlammgeysire des Yellowstone-Nationalparks verwandelte und ihre neue Heimat an der Decke fand. Und an den Küchenschränken. Den Wänden. Dem Boden.

Mac ließ den Anstreicher kommen und Dad hat nie gemerkt, dass die Küche eine andere Farbe hatte. Dass sie uns nicht verraten hat, rechnen wir ihr hoch an.

Fisher und ich sind zusammen in die Grundschule gegangen. Wir waren immer gute Freunde, aber in diesem Sommer driften wir doch ein wenig auseinander. Vielleicht liegt es daran, dass wir so lange getrennt waren, aber wahrscheinlicher ist, dass dieser Sommer vieles für mich geändert hat. Die Dinge, die Mac gesagt hat, sind in meinem Gedächtnis haften geblieben. Welche Art von Mann will ich sein?

All die Scheiße, die ich gebaut habe, wird mir immer mehr zuwider. Wilde Partys, ständig andere Weiber ficken. Das will ich nicht mehr. Ich wollte kein Mann sein, der Frauen ohne Respekt behandelt. Ich wollte kein Mann sein, der andere Menschen schlecht behandelt. Ich wollte keine männliche Hure sein. Ich wollte mehr so sein wie Dad. Ein Mann, für den seine Prioritäten klar sind. Carey und ich sind seine Priorität. Er behandelt Mac gut, gibt ihr nie das Gefühl, dass sie ihm lästig ist. Eigentlich ist er ein gutes Vorbild. Wieso habe ich mich so lange nicht an ihm orientiert? Wieso habe ich so ein schlechtes Bild von Frauen gehabt? Ist es einfach nur, weil die meisten Jungs in meinem Alter nicht besonders gut über Mädels reden? Ich mein, es ist schon verwunderlich, dass sie sich überhaupt mit uns abgeben, wenn sie hören, wie wir über sie reden. Das ist abartig, wird mir klar.

Wenn ich Lust hätte, mich und meine Handlungsweise zu analysieren, würde ich vielleicht darauf kommen, dass ich kein gutes Bild von Frauen habe, weil meine Mutter eine Alkoholikerin ist, die jeden ran lässt.

Aber zum Glück hab ich keinen Bock auf so einen Scheiß ...

Und dann ist da Mac. Kein Tag vergeht, an dem ich nicht von ihr fantasiere. Wie sie sich anfühlt, wie nass sie wird, wenn sie erregt ist, wie sich ihre Sexlaute anhören. Wie schmeckt sie? Wie sich mein Schwanz in ihrem Mund anfühlt, wie sie ihn mit ihrer Zunge ableckt. Wie es ist, meinen Schwanz in ihre Pussy zu stecken, so tief rein, dass sie aufschreit. Wie es aussieht, wenn sie mich reitet, ihre geilen Titten ordentlich wackeln. Wie es wäre, wenn ich sie von hinten nehmen würde, ihr meine Hand auf den

Arsch klatschen würde. Würde sie mir erlauben, sie in den Arsch zu ficken?

Die Haut an meinem Schwanz ist schon ganz dünn, so oft reib ich ihn. Ich bin wahrscheinlich der sauberste Mann in ganz Kalifornien, weil ich es mag, mir unter der Dusche einen runterzuholen.

Mit jedem Tag, der vergeht, spüre ich jedoch, dass es nicht mehr allein um das Körperliche geht. Ich will sie nicht nur ficken, ich will sie auch kennenlernen, wissen, was in ihrem Leben passiert ist, dass sie so ist, wie sie ist. Ich will mit ihr Lachen und ihr zuhören, wie sie laut Lieder falsch singt. Ich will ihre Augen lächeln sehen. Ich will, dass sie sich so freut, mich zu sehen, wie sie sich freut, wenn Dad nach einer Geschäftsreise wieder nach Hause kommt. Ich will sie im Arm halten, will ihre Haut streicheln, will ihre Träume und Ideen erfahren. Ich will, dass sie keine Angst vor mir hat, nicht die Verteidigungsmauern hochzieht, sobald sie mit mir redet.

Ich weiß, dass es meine Schuld ist, dass sie mir nicht vertraut, dass sie nicht glaubt, dass ich sie nicht wieder verletze. Aber mittlerweile würde ich mir lieber den Arm abhacken, als ihr wehzutun.

Ich weiß nicht, wie sie es geschafft hat, aber Carey ist glücklicher, viel glücklicher. Nach diesem furchtbaren Tag mit Mom hat Mac angefangen, mit ihm zu reden. Erst da habe ich überhaupt erfahren, dass Mac Therapeutin ist. Ich weiß gar nicht, was ich vorher gedacht habe, aber ganz sicher nicht, dass sie einen solchen Beruf hat. Einen Beruf, mit dem sie anderen helfen kann. Aber wenn ich so drüber nachdenke, ist das auch der einzige Job, der zu ihr passt.

Anfangs war es schwer für Carey, sich ihr zu öffnen, aber irgendwann haben sie es geschafft. Man konnte den Moment genau erkennen, weil Carey plötzlich viel gelöster war.

Mac hat gesagt, dass es besser wäre, wenn er einen Therapeuten hätte, der keine persönlichen Verbindungen mit ihm hat, aber Carey hat gesagt, sie oder niemand, also macht sie es.

Wir haben uns nie dafür entschuldigt, wie wir sie behandelt haben. Obwohl ... ich weiß gar nicht, was mein Bruder ihr erzählt, wenn sie miteinander sprechen. Vielleicht hat er sich entschuldigt. Aber ich habe es nicht getan. Sie erwartet es auch nicht. Ihr reicht es, dass wir unser Verhalten ihr gegenüber geändert haben, dass wir sie wie einen Menschen behandeln.

Ich verstehe immer noch nicht, warum sie mit einem Mann zusammen ist, der zwanzig Jahre älter ist. Aber vielleicht muss ich es auch nicht verstehen. Das ist die Erkenntnis dieses Sommers. Dad liebt sie und sie liebt ihn auch. Ich bin froh, dass er glücklich ist. Auch wenn ich mir wünsche, dass er mit jemand anderem glücklich wäre und ich Mac hätte. Nicht, dass ich glaube, dass sie sich für mich interessieren würde. Ich bin siebzehn, sie fünfundzwanzig.

Aber in einem Jahr ... Dann bin ich achtzehn und eine Beziehung wäre in Kalifornien legal. Mir ist natürlich bewusst, dass es Wunschdenken ist, dass sie nur wegen meines Alters nicht mit mir zusammen ist. Und vielleicht bin ich ein Heuchler, weil ich ihre Beziehung zu meinem Dad nicht verstehe, aber mir eine Beziehung mit ihr wünsche.

Während ich also Mac schon beinahe peinlich hinterherschmachte, vögel ich Liza. Wir sind in einer Art monogamen Beziehung. Wir sind zwar exklusiv, aber es ist nichts richtig Festes. Eher was Lockeres. Was sie aber immer wieder vergisst. Wir streiten, sie gelobt Besserung, bis sie wieder denkt, ich wäre ihr fester Freund. Naja, man kann nicht alles haben.

Ich habe mein Verhalten ihr gegenüber drastisch geändert. Statt sie nur als Pussy zu sehen, die ich ficke, behandel ich sie wie einen Menschen. Sie ist dankbar. Sie zeigt mir ihre Dankbarkeit ständig auf ihren Knien.

Hey, ich hab gesagt, ich ändere mich. Nicht, dass ich schon der perfekte Gentleman bin. Ich befürchte, das werde ich auch niemals sein.

Ich sitze auf der Terrasse. Carey ist mit Dad weg. Keine Ahnung, was sie machen wollen. Ist mir auch egal. Ich sitze mit Kopfhörern in der Sonne und höre Avenged Sevenfold. Geiler Scheiß. Dazu noch ein gepflegtes Bierchen und gut ist. Wie gut, dass Dad nicht so spießig ist, was Alkohol angeht.

Auf einmal schiebt sich was vor die Sonne. Ich mache die Augen auf und blinzel. Mac. Mit der Sonne hinter ihr sieht es aus, als hätte sie einen beschissenen Heiligenschein. Sie sieht aus wie ein Engel.

Ich muss besoffener sein, als ich dachte, wenn mir solch romantischer Scheiß in den Kopf kommt. Ich nehme die Kopfhörer ab.

»Was?«

Ups, das kam harscher heraus, als es sollte.

Sie kneift die Augen zusammen. Aber wo sie vorher gekauert hätte, sprüht jetzt Feuer aus ihrem Blick. Und lässt mich sofort hart werden.

»Zick mich nicht an!«

Ich grinse. »Sorry, Mac.«

Und dieses eine Wort versöhnt sie sofort. »Okay.«

Ich schüttel amüsiert den Kopf. »Was kann ich für dich tun?«

»Schon besser«, antwortet sie. »Ich wollte nur fragen, ob wir den Grill anschmeißen wollen. Ich hab Lust auf Steak.«

»Klar.« Ich stehe auf und strecke mich. Sie ist nicht klein für eine Frau, aber winzig im Vergleich zu mir.

Ich sehe, wie sie aus den Augenwinkeln meinen nackten Oberkörper betrachtet. Ich kann nicht sagen, dass mir diese Idee nicht gefällt. Ich flexe ein wenig die Muskeln. Ihre Wangen werden rot. Scheißgeil.

Sie flüchtet nach drinnen, was mich zum Lachen bringt. Dann mach ich mich daran, den Grill anzuschmeißen. Als hätten wir es getimed, kommt sie mit dem Fleisch, als der Grill gerade die richtige Temperatur hat.

Ich schmeiße die Stücke drauf und mache die Klappe zu.

Mac deckt den Tisch, stellt Salat und Brot hin. Sie setzt sich und nimmt meine Kopfhörer. Sie wippt im Takt der Musik mit dem Kopf. Süß. Fuck, hör mit diesen verfickten Worten auf!

Als ich ihr ihr Steak, medium, auf den Teller lege, nimmt sie sie wieder ab. »Ich liebe die Band.«

»Ich hätte dich nicht für einen Metal-Fan gehalten.«

Sie zuckt mit den Schultern. »Ich höre alles Querbeet. Ich bin nicht wirklich in irgendeiner Richtung verhaftet.«

»Cool. Ich hör meist Metal.«

»Ich weiß«, antwortet sie grinsend. »Du treibst deinen Dad in den Wahnsinn.«

Ich muss lachen. »Ja, der alte Mann ist definitiv kein Fan.«

Sie schüttelt den Kopf. Sie steckt sich ein Stück Steak in den Mund und ein Tropfen Bratensaft löst sich. Ich beobachte den Fall und das Aufkommen auf ihrem Busen.

»Oh«, macht sie und nimmt die Serviette, um ihr Oberteil von dem Fleck zu befreien, aber alles, was ich sehen kann, ist, dass sie ihre Titten begrapscht. Vielleicht bin ich visuell eingeschränkt, aber wirklich. Das ist alles, was ich sehe. Ihre Hände auf ihren Titten.

Als sie aufhört, sage ich: »Ich glaub, da ist noch ein bisschen.« Sie wischt weiter an sich rum und ich genieße die Show. Mein Schwanz allerdings nicht so. Der will rausgelassen werden.

»Jetzt alles weg?«, fragt sie.

Ich nicke, auch wenn ich ihr stundenlang zusehen könnte.

»Puh.«

»Wo sind eigentlich Dad und Carey?«, frage ich sie.

Sie spießt ein Stück Gurke auf. »Es gab irgendwelche Probleme bei Careys Anmeldung auf der neuen Schule. Ich hab nicht richtig zugehört, aber die Papiere waren offenbar nicht vollständig.«

»Und bei mir?«

»Bei dir war alles in Ordnung. Keine Ahnung.«

Ich zucke mit den Schultern. Wie auch immer. Interessiert nicht.

»Wieso bist du so früh zu Hause?«

Sie zuckt mit den Schultern und reibt an einem neuen Fleck rum. Offensichtlich sind Titten ein Auffangbecken für Tropfen aller Art. »Ich muss an einem Artikel schreiben. Das kann ich besser, wenn nicht so viel Trubel um mich ist.«

»Was für ein Artikel?« Funktioniert mein Gehirn nicht prima? Eigentlich will ich nur auf ihre Möpse starren, aber ich kann noch gepflegt Konversation betreiben. Mein Dad wäre stolz auf mich! Oder auch nicht.

»Wir wollen eine neue Broschüre rausbringen. Ich wurde ausgewählt, um sie zu erstellen.«

»Wie viele Personen standen zur Auswahl?«

Sie ist einen Moment still. »Ich.«

Ich grinse und sie lacht ein wenig beschämt. »Hab ich mir gedacht.«

»Gemein!«

»Naja, du tust gerne Dinge für andere Menschen. Das ist doch nett.«

»Ihhh, nett.«

Ich lache. »Nett ist nicht gut?«

»Nett ist total langweilig.«

»Ach, was. Nett ist gut.«

»Ach ja?«

»Ja.«

»Du bist auch echt nett, Hunter.«

Ich verziehe das Gesicht angewidert. Da hat sie mich. Nett ist Scheiße. »Ich bin nicht nett.«

»Ha!«

Und dann lachen wir beide, weil diese Unterhaltung absurd ist, aber es Spaß macht, sie zu führen. Sie ist so wunderschön, wenn sie lacht. So unbeschreiblich schön. Ich glaube, so gelöst war sie noch nie mit mir. Und ich liebe es. Mein Schwanz übrigens auch.

# 11

# Mac

Es ist komisch. Ganz langsam beginne ich, die Gesellschaft von Carey und Hunter zu genießen. Wenn sie sich entschieden haben, keine kleinen Arschlöcher zu sein, sind sie wirklich cool. Sie sind intelligent, witzig und interessant. Es ist gar nicht schlimm, mit ihnen alleine zu Hause zu sein.

Was nicht heißt, dass es okay ist, dass Carter momentan so viel unterwegs ist. Mitnichten ist das okay. Aber es hätte schlimmer sein können. Wenn seine Söhne sich dazu entschieden hätten, Arschlochkinder zu bleiben, zum Beispiel.

Sie fliehen auch nicht mehr, sobald ich den Raum betrete. Sie sind viel hier. Nicht nur tagsüber, wenn sie sturmfreie Bude haben, sondern auch abends, wenn ich da bin. Wir essen zusammen, schauen uns Filme an oder ich sehe ihnen zu, wie sie irgendwelche Videospiele zocken, in denen es nur darum geht, alle anderen abzuschlachten.

Ich hab auch das Gefühl, dass sie beide glücklicher sind. Entspannter sind. Ich glaube, dass es Carey hilft, mit mir zu sprechen, auch wenn ich immer noch der Meinung bin, dass ein anderer Therapeut sinnvoller wäre. Aber nun gut.

Als die beiden ihre Woche im Footballcamp sind, fühle ich mich direkt ein wenig einsam, vor allem, weil Carter – wieder einmal – in New York ist. Ich frage mich, wo das enden wird.

In meiner Woche alleine arbeite ich natürlich viel zu viel. Mir wird klar, dass ich mich immer in die Arbeit stürze, wenn ich sonst nichts habe, keinen Grund habe, nach Hause zu gehen. Es ist traurig, aber leider ist es wahr.

Als die Woche vorbei ist, warte ich in meinem kleinen pinken Auto am Abholpunkt auf sie. Nein, nicht als Stalkerin. Das ist so abgesprochen.

Ich sehe den Bus auf den Parkplatz fahren. Die Türen öffnen sich und eine Horde Jungs stürmt raus. Sie verabschieden sich mit *Fist Bumps* und Schulterklopfen. Echt niedlich. Als sie auf ihre Eltern zugehen, verändert sich ihre ganze Haltung. Es ist ganz klar. Sie haben nach dieser Woche keinen Bock, wieder nach Hause zurückzukehren.

Hunter und Carey kommen auf mich zu. Sie scherzen, wie eigentlich immer. Carey boxt Hunter gegen die Schulter. Hunter täuscht einen Schlag an. Jungs. Ehrlich.

»Hey, Mac!«, rufen sie beide fröhlich, als sie ihre Taschen in den kleinen Kofferraum packen.

»Hey«, gebe ich zurück. Sie scheinen sich zu freuen, wieder zu Hause zu sein. Als sie im Auto sitzen, frage ich gespielt streng: »Wart ihr schön artig?«

Hunter grinst, während Carey von der Rückbank ruft: »Du kennst uns, Mac!«

»Also nicht.«

»Wow, so wenig Vertrauen hast du in uns?«, empört er sich.

»Ihr seid halt Krawallmacher.«

»Und du hast gerade dein Alter verraten. Krawallmacher. Wer sagt denn so was?«

Hunter mischt sich ein: »Nur alte Omas.«

»Boah!«, kreische ich. »Dafür sing ich jetzt *How you remind me*. So.« Ich mache den CD-Player an und als wäre es geplant, erschallt Nickelback aus den Lautsprechern.

»Mach das aus!«, schreien sie beide, als ich seelenruhig anfange, die Lyrics mitzusingen. Falsch natürlich. Und grottenschlecht.

Hunter will das Radio ausmachen, aber ich schlage todesmutig seine Hände zur Seite. Er schaut mich einen Moment überrascht an, bevor so ein dämonisches Glitzern in seinen Augen erscheint. Oh oh. Das kann ja nichts Gutes heißen.

»Mac ...« Seine Stimme wird plötzlich so tief.

»Ähm ...«

Er grinst. »Oh ja, du solltest wissen, dass dein letztes Stündlein geschlagen hat.«

»Ups.«

Als er wieder nach dem Radio greift, reagiere ich schnell, aber er ist schneller und umfasst meine Hände mit seiner. Ich schaue auf unsere Finger. Er kann locker beide meine Handgelenke in einer Hand halten.

Er verstellt das Radio, bis irgendeine Rockband läuft, die ich nicht kenne.

»Mann«, sage ich und schiebe die Unterlippe raus.

Sein Gesicht zeigt Verwirrung. Er lässt sofort meine Hände los. »Tut mir ...«

Ich stelle wieder auf Nickelback. »Ha, reingefallen!« Fröhlich singe ich den Song mit, während ich das Auto anlasse.

Hunter schüttelt den Kopf. Ob das gut oder schlecht ist?

»Hey, Mac, können wir Burger kaufen?«

»Klar. Hast du meinen Hintern gesehen?«

Er lacht einfach nur.

»Nichts verkehrt dran«, murmelt Hunter. Ich schaue zu ihm, aber er gibt mal wieder nichts zu erkennen. Dieser Mann könnte auch eine Statue sein. Wirklich.

Ich fahre zum Drive-in und die Jungs bestellen Massen. Gut, sie essen auch mindestens für anderthalb Personen, so riesig wie sie sind, aber das sprengt beinahe die Kapazität meines Autos.

Zu Hause angekommen, setzen wir uns auf die Couch, um zu essen.

»Jetzt erzählt mal ...«

»Was sollen wir erzählen?«, fragt Carey mit vollem Mund. Sein halb zerkauter Burger ist zu sehen.

Ich beiße in meinen und sage dann mit ebenfalls vollem Mund: »Wie's war.«

Er grinst, beißt erneut ab und antwortet mit Brei im Mund, den er mir auch noch schön zeigt: »Geil.«

Ich öffne meinen Mund weiter. »Und wie findest du das?« Ups, beinahe wäre alles auf dem Tisch gelandet.

Sie lachen beide. Blöd nur, dass Carey gerade getrunken hat und ihm die Cola nun aus der Nase kommt.

»Bah, ist das ekelig!«, quietscht er.

»Ihr zwei seid bescheuert«, stellt Hunter fest. Und dagegen ist nichts zu sagen, Ladys und Gentlemen.

Das Grinsen ist auf meinem Gesicht festgetackert. Es ist schön, dass die beiden wieder da sind, stelle ich fest. Sehr schön.

»Was habt ihr die letzte Ferienwoche vor?«

Hunter zuckt mit den Schultern. »Das Gleiche wie die letzten Wochen auch.«

»Rumhängen?«

»Ist das ein Problem?«

Ich zucke mit den Schultern. »Nein, keins. Ich wollte nur wissen, ob es Pläne gibt.«

»Mein Gewicht in Burgern essen«, scherzt Carey.

»Ich schätze, das hast du diesen Sommer bereits geschafft«, gebe ich zurück. Keine Ahnung, wieso ich jemals Angst vor ihnen hatte. Sie machen Spaß. Anders kann man es nicht sagen.

»Nennst du mich fett?«, fragt er mit aufgerissenen Augen. So ein Spinner.

Ich grinse. »Wenn der Schuh passt.«

»Pah, jetzt gebe ich dir nie wieder was ab.« Er zieht die Schachtel Pommes weg, als ich gerade hinein greife.

»Hey!«

»Entschuldige dich.«

»Wofür denn?«

»Dass du mich zutiefst verletzt hast.« Er zwinkert wie ein Eichhörnchen auf Speed.

»Gib die Pommes zurück und keiner wird verletzt.«

Sie grinsen beide einfach nur. Denn wirklich, was soll ich denn gegen sie ausrichten? Eher lande ich im Pool.

»Entschuldige dich«, singt er und bewegt die Pommespackung hin und her.

»Fein. Entschuldige.«

»Und jetzt noch so, dass ich es glaube.«

Ich muss lachen und lehne mich über den Tisch. Ich höre, wie Hunter die Luft hart einzieht. Wieso? Ich schaue zu ihm, seine Augen sind auf meinem Busen, der in dieser Position beinahe aus meinem Ausschnitt hüpft. Schnell setze ich mich wieder hin. Mist.

Ein paar Tage später liege ich mit Brittany am Pool ihres Wohnkomplexes. Der ist auf dem Dach und kann von allen Mietern genutzt werden, aber es sind nur wenige Menschen da. Die meisten gehen zum Strand. Brittany jedoch hat eine Aversion gegen Sand. Sie hasst ihn, weil er sich überall verteilt. In ihren Augen, in ihren Ohren, in ihrem Bauchnabel und in ihrer Pofalte. Und das kann sie nicht ausstehen. Wenn ich ihr von Sex am Strand erzähle, will sie mich in die Klapse einweisen lassen.

»Was macht dein Liebesleben?«, frage ich sie.

»Ich warte auf Hunter«, sagt sie.

Seit sie ihn in der Mall gesehen hat, erzählt sie mir nur noch, wie sexy er ist. Ich mein, klar, er sieht gut aus, aber er ist siebzehn! Ich würde mir wie ein Kinderschänder vorkommen, wenn ich auf ihn stehen würde. Brittany hat solche Bedenken nicht.

»Lass das Carter nicht hören«, sage ich.

Sie winkt ab. »Ich glaub nicht, dass er ein Problem damit hätte, wenn sein Sohn eine ältere Frau hätte. Ich mein, er hat ja auch eine Jüngere.«

»*Quod licet Iovi, non licet bovi*«, gebe ich zurück.

»Oh bitte, komm mir nicht mit Latein!«

Ich lächel anerkennend. »Ich bin schon mal froh, dass du die Sprache erkannt hast.«

Sie grinst. »Ein blindes Huhn ...«

»Spinnerin. Es heißt, was dem Jupiter erlaubt ist, ist dem Rind noch lange nicht erlaubt.«

»Nennst du mich eine blöde Kuh?«

»Wenn der Schuh passt.«

Sie lacht und wirft einen Eiswürfel nach mir. »Aber ein blindes Huhn bin ich ja nicht. Ich sehe sehr wohl all die jugendlichen Reize, die Hunter hat.«

»Mir wird schlecht«, murmel ich.

»Komm schon, Mac! Junge Männer sind großartig! Sie haben zwar keine Ahnung, was genau sie tun müssen, aber das tun sie stundenlang.«

»Brit, wirklich. Ich kann deinem pädophilen Geschwätz nicht zuhören. Du redest von Carters Sohn, Herrgott! Und dann auch noch in absolut sexistischer Weise.«

»Das ist doch nicht pädophil, wenn man einen Siebzehnjährigen heiß findet. Ich sag ja auch, dass ich warte, bis er achtzehn ist.« Sie schaut mich irritiert an.

Sie ist überrascht von meiner harschen Reaktion. Ich bin es ja auch. Aber irgendwas in mir mag die Vorstellung, dass sie was mit Hunter anfängt, ganz und gar nicht. Ich fühle mich verantwortlich für die beiden Jungs. Ich bin nicht ihre Mutter, werde ich auch nie sein, aber ich mag sie. Sie sind mir wichtig. Ich will nicht, dass sie verletzt werden. Und irgendwas verbindet uns seit diesem einen Tag.

»Er ist Carters Sohn«, gebe ich zurück. »Es gibt so viele heiße Typen, such dir einen anderen.«

»Aber er ist so groß, er hat diesen tollen schlanken Körper. Tolle schlanke Muskeln. Und diese Augen! Wie flüssige Schokolade. Kannst du dir vorstellen, wie es ist, wenn er dich mit diesen Augen begehrlich anblickt, als wollte er dich auf der Stelle vernaschen?«

Ich denke an die Szene im Flur zurück, als ich ihn mit Liza erwischt habe und er sich in die Boxershorts gefasst hat, um seinen Penis zu reiben. Der Blick war heiß ... Ich schüttel den Kopf, mehr um den Gedanken zu vertreiben, als Brittany zu widersprechen, aber so funktioniert es auch.

»Du willst mir ehrlich weismachen, dass du seine Augen nicht wunderschön findest?«, fragt sie ungläubig.

»Doch, Brit, er hat schöne Augen, aber ich will mir gar nicht vorstellen, dass Hunter mich vernascht.«

»Er soll ja auch nicht dich vernaschen, sondern mich«, gibt sie zurück. »Außerdem wäre das ja auch echt pervers, wenn du erst den Vater fickst und dann den Sohn.«

Ich ziehe die Augenbrauen zusammen. »Wieso wäre das pervers?«

Sie schaut mich an, als hätte ich einen Dachschaden. »Ihgitt, das wäre ja quasi Inzest.«

»Inzest ist, wenn du mit jemandem verwandt bist«, erkläre ich.

»Was habe ich mit deinem Sexleben zu tun?«

»Du machst mich wahnsinnig!«

Sie lacht. »Ich weiß. Aber mal ehrlich, würdest du denn wollen, dass dein Freund auch deine Mutter fickt?«

»Ich würde nicht wollen, dass er Sex mit meiner Mutter hat, was aber ja auch noch mal eine andere Facette hat, weil er dafür nekrophil sein müsste.«

Sie wedelt mit der Hand herum. »Theoretisch, meine ich ja auch. Also, ich finde es creepy, wenn du mit Carter und Hunter vögeln würdest.«

»Ich habe ja aber keine Absicht, mit Hunter zu vögeln«, gebe ich zurück.

Sie schaut mich triumphierend an. »Ergo gibt es keinen Grund, warum ich es nicht tun sollte.«

»Ergo passt da nicht. Das ist kein kausaler Zusammenhang.«

»Das ist egal. Raus kommt, dass ich Hunter an seinem achtzehnten Geburtstag vernasche. Wann ist der?«

»Das sage ich dir nicht.«

»Ich finde es schon raus«, gibt sie zurück und betrachtet mich nachdenklich. »Hast du dir vorgestellt, wie es wäre, ihn zu ficken?«

»Nein, bist du irre?«, rufe ich aus. »Das ist der Sohn meines Freundes. Er könnte auch fünf sein.«

»Na, Gott sei Dank ist er das nicht. Ich weiß nicht, ob ich dreizehn Jahre auf ihn warten würde.«

»Ich geb's auf.«

Sie grinst. »Meinst du, Brittany Tilman hört sich gut an?«

»Hast du sie noch alle?«

»Kann sein, kann nicht sein«, meint sie gelassen.

Wieso bin ich eigentlich mit ihr befreundet? Sie gießt mir noch mehr Margarita ein und ich erinnere mich, warum.

Um Mitternacht bin ich total betrunken. Ich rufe Carter auf dem Festnetz an, aber es ist Hunter, der dran geht.

»Mac?«, fragt er irritiert.

»Ja, hicks«, sage ich. »Carter?«

»Dad musste ins Büro. Bist du betrunken?«

»Hihi, betrunken. Witziges Wort.«

»Wo bist du?«

»Bei Brit.«

»Ich hol dich ab. Bleib da.«

Ich lege auf und drehe mich zu Brit, die auch nicht mehr wirklich nüchtern aus der Wäsche schaut. »Ich geh runter. Ich werd abgeholt.«

»Okay.« Sie dreht sich nicht mal mehr zu mir um, sondern geht schnurstracks in ihr Schlafzimmer. Vielleicht hätte ich ihr sagen sollen, dass sexy Hunter mich abholt. Das hätte doch bestimmt eine Reaktion hervorgerufen.

Ich stehe unten in der Lobby und warte auf mein Taxi. Er klopft an die Tür und ich wanke zu ihm, um aufzumachen.

»Hey«, sagt er.

»Hey«, sage ich und tätschel ihm die Wange.

Dann gehe ich drei Schritte und stolpere. Er fängt mich auf. »Geht schon«, sage ich, laufe wieder und stolpere erneut. »Blöde Hacken«, lalle ich. Ich halte mich an der Wand fest und versuche meine Pumps auszuziehen, wobei ich umkippe. Und aufgefangen werde.

»Mac, du bist besoffen«, stellt er fest und nimmt mich auf die Arme. Er trägt mich zum Auto, schafft es irgendwie, die Tür zu öffnen, ohne mich abzusetzen, und setzt mich dann auf den Sitz. Er schnallt mich an, wobei sein Arm gegen meinen Busen drückt.

Er schließt die Tür vorsichtig und steigt auf der Fahrerseite ein.

Kaum sind wir losgefahren, jammere ich: »Mir ist so schlecht. Ich trink nie wieder.«

Er lacht leise. »Ich wette, das hast du schon hundert mal gesagt.«

»Aber dieses Mal meine ich es«, sage ich und wundere mich, dass ich noch einigermaßen gesittet spreche.

»Ich erinnere dich das nächste Mal dran.«

»Ha!«, rufe ich und hebe den Zeigefinger. Ich steche ihm beinahe ein Auge aus, als ich fortfahre: »Es wird kein nächstes Mal geben!«

»Vorsicht mit spitzen Gegenständen«, grinst er und fängt meine Hand ein. Er verschränkt unsere Finger und legt sie auf seinen Oberschenkel. Ich starre auf die Stelle und frage mich, was darauf die angemessene Reaktion wäre. Aber dann schlafe ich ein.

Ich wache wieder auf, als Hunter mich die Treppe in mein Schlafzimmer hochträgt. Ich höre Careys Stimme, der irgendwas von Gesicht anmalen erzählt. Kaum hat Hunter mich aufs Bett gelegt, springe ich auf und renne ins Bad, um mich zu übergeben. Er kommt mir hinterher, hält meine Haare, reicht mir ein feuchtes Handtuch. Er holt mir eine Flasche Wasser aus der Küche. Ich weiß nicht, wie oft ich in dieser Nacht den Porzellangott anbete, aber eines weiß ich, ich verbringe keine Sekunde in meinem Bett.

Hunter holt mir eine Decke und ich schlafe mit meinem Kopf auf seinem Oberschenkel ein.

Als ich aufwache, habe ich Kopfschmerzen und habe zum ersten Mal einen richtigen Filmriss. Ich weiß, dass Hunter mich abholen wollte. Und es offensichtlich getan hat. Aber was danach passiert ist? Keine Ahnung.

Es ist schon ein wenig unangenehm, nicht zu wissen, was geschehen ist. Ich mein, ich weiß, dass nichts gewesen ist, weil Hunter auf mich aufgepasst hat. Da bin ich mir sicher. Aber es hätte total viel passieren können. Ich sollte wirklich intelligenter sein. Gerade ich.

Ich rolle mich langsam aus dem Bett, schaue an mir herab, sehe, dass ich noch die Sachen von gestern trage. Ich ziehe mir Yogapants und ein T-Shirt an, stöhne dabei herzergreifend. Langsam quäle ich mich die Treppe hinunter. Ich höre Stimmen aus der Küche. Wieso ist es hier so hell?

»Morgen!«, ruft Carey fröhlich.

»Nicht so laut«, murmel ich.

Er lacht und schlingt mir einen Arm um die Schultern. »Hat da jemand einen Kater?«

Ich mache mich los und hole mir eine Flasche Wasser. Ich trinke sie in einem Schluck halb leer. Gott, bin ich durstig.

»Du solltest wirklich ein besseres Vorbild sein«, meint Carey. Ich weiß, er meint es als Scherz, aber es ist doch wahr. Ich sollte mich wirklich nicht so betrinken, wenn ich in einem Haus mit zwei Minderjährigen wohne.

»Tut mir leid«, murmel ich. Ich schaue zu Hunter, der an der Arbeitsfläche lehnt. »Danke für die Rettung.«

»Jederzeit, Doll«, sagt er scherzend. Aber ich habe nicht den Eindruck, dass es ein Witz ist, sondern dass er es ernst meint.

Carey ruft viel zu laut: »Und er hat dich wirklich gerettet. Ich wollte dir das Gesicht anmalen.«

Seine Stimme bohrt sich durch meinen Schädel. »Danke.«

Er lacht und reicht mir dann eine Tasse Kaffee. In diesem Moment liebe ich ihn heiß und innig.

»Wo ist Carter?«, frage ich.

»Er musste dringend nach New York. Er wollte dich anrufen«, meint Hunter.

»Wann ist er wieder da?«

Er zuckt mit den Schultern. »Wahrscheinlich in einer Woche.«

»Und daher wollten wir mit dir reden«, meint Carey. Er schaut mich aus Hundewelpenaugen an. »Morgen beginnt die Schule.«

»Das weiß ich. Muss ich dich an die Hand nehmen?«

Er rollt die Augen. »Sehr witzig, Mac. Nein, wir wollen ...« Er wirft Hunter einen nervösen Blick zu. »Wir wollen morgen Abend eine kleine Schulanfangsparty geben.«

»Das ist ein Montag«, stelle ich fest.

»Ja.«

»Am nächsten Tag ist Schule.«

»Du wurdest in der Highschool bestimmt oft wegen deiner Intelligenz gehänselt«, meint Hunter grinsend.

Ich werfe ihm einen bösen Blick zu. »Was sagt euer Dad dazu?«

Und Carey, der kleine Herzensbrecher, der er ist, legt mir beinahe liebevoll den Arm um die Schulter und schaut mich mit seinen flehenden blauen Augen an. »Er hat uns in deiner Obhut gelassen, Mac. Daher dachten wir, dass du ...«

»Oh, nein«, sage ich und löse seinen Arm.

»Komm schon, Mac«, sagt er und schenkt mir ein strahlendes Lächeln.

Ich schüttel den Kopf. »Ich kenn eure Partys.«

Hunter lächelt mich ebenfalls an, als könnte ihn kein Wässerchen trüben. »Die Party damals war keine normale Party. Was da gelaufen ist, war falsch. Das wissen wir. Und es war total abgefahren, was du für das Mädchen getan hast.«

»Schleimer«, sage ich und er lacht.

»Mac ...«

»Kommt nicht in Frage.«

Seine braunen Schokoladenaugen – doofe Brittany! – fangen meinen Blick ein und halten ihn fest. »Doll ...« Wie ich diesen Spitznamen hasse!

»Nein.«

Sie stehen beide neben mir, schauen mich so lieb an, lächeln so nett ... Ich spüre, wie meine Verteidigung bröckelt. Ich darf nicht nachgeben, dann werden sie mich immer um den Finger wickeln ... Ich darf nicht nach...

»Kein Alkohol.«

Sie grinsen. Sie wissen, dass sie gewonnen haben.

»Du weißt, dass es keine Party ist, wenn es kein Bier gibt«, antwortet Hunter.

»Ich kann euch nicht erlauben, Alkohol auszuschenken.«

Careys Grinsen ist ein wenig teuflisch, als er sagt: »Aber du könntest ja den morgigen Abend bei Brittany verbringen und von gar nichts wissen ...«

Ich ziehe die Augenbrauen zusammen. »So habt ihr euch das also gedacht ...«

Hunter wirft ein: »Es ist nicht so, dass wir dich nicht dabei haben wollen, aber es ist doch für dein Gewissen besser ...«

»Ach, ihr kümmert euch um mein Gewissen?«

Er lacht und Carey schlingt wieder seinen Arm um mich. »Liebste Mac ...«

»Komm mir nicht so!«

Er drückt mir einen Kuss auf die Wange und sagt wieder: »Liebste Mac ...«

Ich verdrehe die Augen, genervt über mich selbst, dass ich so ein Aufmerksamkeitsjunkie bin. »Fein.«

»Yes!«, ruft Carey und boxt mit der Faust in die Luft. Hunter hält seine Hand hoch und Carey schlägt ein.

»Ich kann euch nicht leiden«, murmel ich.

Als Antwort lachen sie einfach beide nur. Sie machen sich direkt an die Organisation und ich sinke emotional ausgelaugt auf einen der Barhocker. Wofür habe ich hier Tür und Tor geöffnet?

# 12

# HUNTER

Erster Schultag. Erster Schultag an einer neuen Schule. Ich kann mir Besseres vorstellen als das. Ich bin groß, ich sehe gut aus. Ich werde keinerlei Probleme haben. Trotzdem würde ich den Tag gerne so schnell wie möglich hinter mich bringen. Es ist total abgefuckt, im letzten Schuljahr zu wechseln, aber es gab keinen anderen Weg. Wir konnten nicht bei Mom bleiben.

*Senior year*. Ich kann es kaum erwarten, bis mein letztes Highschooljahr vorbei ist. Die Schule fällt mir leicht, ich habe immer gute Noten, aber sie geht mir auf den Geist. An meiner Highschool in Miami war ich der King. Ich hätte es wesentlich schlechter treffen können. Und trotzdem hatte ich auch da immer nur das Gefühl, dass ich es schnell hinter mich bekommen will. Vielleicht ist es nicht mal die Schule, vielleicht ist es der Wunsch, mein Leben zu leben, ohne mir von anderen reinreden lassen zu müssen.

Bald kann ich machen, was ich will. Die Frage bleibt bestehen, was will ich eigentlich machen? Ich habe mich für verschiedene Colleges beworben, hätte vielleicht die Chance auf ein Footballstipendium. Aber ist es das, was ich wirklich machen will?

Keine Ahnung. Es wird halt erwartet, dass ich aufs College gehe. Dad würde es nicht verstehen, wenn ich es nicht machen würde.

Dieses Jahr kann nicht schnell genug vorbei gehen und doch wünsche ich mir, dass es im Schneckentempo vorwärts geht. Und der Grund ist Mac ...

Ich vertreibe die Gedanken, will nicht an sie denken, will nicht daran denken, dass sie mit meinem Dad zusammen ist, will mir nicht vorstellen, was die beiden miteinander treiben. Fuck, keine Bilder.

»Hey, Hunt!«, ruft Devon und ich gehe zu ihm. Er haut mir auf die Schulter und ich deute einen Faustschlag an. Er lacht.

»Bereit fürs erste Training?«, fragt er.

Ich nicke. »Mehr als bereit. Ich kann es kaum erwarten, wieder zu spielen.«

»Das zeigt mehr als alles andere, dass du ein guter Teil des Teams wärst.«

Ava schlingt von hinten ihre Arme um ihn. Er dreht sich um und küsst sie. Ein kleiner Stich Eifersucht regt sich in mir. So was will ich auch, wird mir immer klarer. Jemanden, bei dem du weißt, das ist für immer. Problem ... ich will das mit Mac.

Devon und ich haben die erste Stunde zusammen. Ich hatte immer viele Freunde, aber nie einen besten Kumpel, dem ich wirklich vertraut habe. Bisher habe ich nur Carey vertraut, weil ich weiß, dass er immer zu mir halten wird. Devon scheint aber aus dem gleichen Holz geschnitzt zu sein. Wir haben im Sommer viel Zeit miteinander verbracht. Und ich muss auch sagen, dass er einen guten Einfluss auf mich hat.

Als Starquarterback ist er beliebt, aber er benimmt sich dabei nicht so arschig wie andere Highschool-Kings. Selbst ich habe mich in Miami daneben benommen. Devon allerdings herrscht mit Klasse. Die Tatsache, dass er schon ewig mit Ava zusammen ist, scheint ihm nur noch mehr Respekt einzubringen.

Der Unterricht ist nicht anspruchsvoller als in Miami. Ich bin auf einem guten Leistungsstand und muss mir wohl keine Sorgen darum machen, meinen Schnitt zu halten. Und ich bin sehr froh darüber, denn Sport ist an gute Noten geknüpft.

Devon stellt mich dem Coach vor, der ein harter Hund ist, ein echter Sklaventreiber, aber er hat den Respekt seiner Spieler und das ist viel wert.

Er beobachtet mich während der Trainingseinheiten, lässt mich extra Einheiten machen, macht sich Notizen. Als ich später vom Feld laufe, hält er mich auf.

»Ich kann noch nichts versprechen, Hunter, aber das sah nicht schlecht aus.« Er nickt mir zu.

Devon, der zugehört hat, grinst über beide Ohren, als wir in die Umkleide laufen. »Das war das höchste Lob, das ich je von ihm gehört habe.«

Ich lache erleichtert. Ich hatte auch das Gefühl, dass es gut lief. Carey, der ebenfalls mit trainiert hat, kommt zu uns. Er sieht geschafft aus. Der Coach hier verlangt mehr von uns, aber das kann ja nur gut sein.

»Wir sehen uns heute Abend?«, frage ich Devon, als wir uns auf dem Parkplatz verabschieden.

»Klar, Mann. Wie habt ihr das eigentlich hinbekommen?«

Carey grinst. »Mac ist doch nicht so blöd.«

Devon lacht. »Ich fand sie eigentlich von Anfang an cool.«

Ich zucke mit den Schultern. »Ich bin immer noch nicht überzeugt, dass sie aus den richtigen Motiven mit dem Alten zusammen ist, aber sie ist okay.«

Carey schaut mich an. »Sie ist mehr als nur okay.«

»Vielleicht.«

Wir fahren nach Hause, bereiten alles für unsere Party vor. Einen Moment bin ich enttäuscht, dass Mac nicht da sein wird. Ich ziehe Jeans und ein ausgebleichtes Shirt an. Ich betrachte mich im Spiegel und denke, dass ich mich vielleicht mal rasieren sollte. Was mag Mac lieber?

Ich weiß nicht, warum ich so ein masochistischer Sack bin. Mac ist unerreichbar. Sie fickt meinen Dad. Sie würde nichts mit einem Minderjährigen anfangen. Das gesetzliche Schutzalter in Kalifornien ist achtzehn, aber ich bezweifel, dass sie mich im März ranlassen wird, wenn ich achtzehn werde.

Und wenn ich ehrlich bin, reicht es mir ja auch nicht, dass sie mich nur ranlässt. Ich will mehr ... Ich hätte auch nie gedacht, dass ich das jemals sagen würde.

Als die Party im Gange ist, kommt Liza zu mir. Sie lächelt mich an.

»Hey, Babe«, sage ich und sie kuschelt sich gegen mich. Ich küsse sie auf den Kopf und komme mir sehr domestiziert vor.

Ich quatsche mit Carey, aber er ist mit Katie beschäftigt. Er hat es endlich geschafft zu vögeln. Ich grinse, wenn ich daran zurückdenke, wie aufgeregt er war. Katie ist ein nettes Mädchen. Ein wenig langweilig vielleicht, aber ihn hätte es schlechter treffen können. Ich find's gut, dass er in Devons Fußstapfen tritt und nicht in meine.

Auch, wenn ich mein lockeres Arrangement mit Liza gut finde und nicht bereue, all die anderen Weiber gefickt zu haben, für meinen kleinen Bruder wünsche ich mir doch was anderes. Er muss nicht genauso zynisch wie ich werden.

Wenn ich ihn mir ansehe, dann ist er glücklich. Und ich habe ihn schon so lange nicht mehr richtig glücklich gesehen. Nicht seit der Trennung unserer Eltern. Es ist nicht nur Katie, vor allem ist es Mac. So komisch es klingt, aber Mac hat unser Leben zum Besseren verändert. Sie hat Carey geholfen, seine Probleme hinter sich zu lassen, zu verstehen, dass es nicht seine Schuld ist, wenn unsere Mutter ihn nicht so liebt, wie er es verdient. Und ich hab eigentlich auch mehr verdient. Aber ... Fuck. Keine Ahnung. Sie hat in den letzten Jahren ihren Status in meinem Leben verspielt. Je länger ich keinen Kontakt zu ihr habe, je länger sie uns zeigt, dass wir ihr am Arsch vorbeigehen, desto weniger tut es mir weh. Es ist immer noch schwer, aber ich zerbreche nicht mehr an den Gefühlen der Unzulänglichkeit.

Liza reibt mir den Bauch, das macht sie immer, wenn sie es treiben will.

Ich schaue zu ihr runter, küsse sie auf den Mund und flüstere: »Später, Babe.«

Sie schlingt ihre Arme um meine Taille, legt ihren Kopf auf meine Brust. Es ist nicht sie, die ich will, aber es fühlt sich gut an, jemanden in den Armen zu halten.

Wie mit Mac abgesprochen, ist die Party um eins beendet. Ich nehme Liza mit nach oben, lecke sie, vögel sie, lass sie meinen Schwanz blasen und stelle mir die ganze Zeit vor, dass es Macs braune Karamellaugen sind, die mich anschauen, während sie meinen Schwanz im Mund hat.

Als wir fertig sind, bringe ich Liza nach unten zu ihrem Auto. Ich weiß, dass es so nicht ideal ist, aber ich will auch nicht, dass sie hier schläft. Das ist mir zu intim, zu sehr Freund und Freundin, zu kompliziert.

Im Hauseingang drücke ich sie noch einmal gegen die Wand, küsse sie zum Abschied, presse mein Becken gegen sie.

»Oh, entschuldige«, kommt da Macs Stimme.

Fuck! Wieso muss sie jetzt kommen? Ich will nicht, dass sie mich mit Liza sieht. In mir ist die Hoffnung, dass aus uns doch noch was werden kann, aber das passiert natürlich nicht, wenn ich andere ficke.

Liza küsst mich verlegen und eilt dann raus.

Ich drehe mich zu Mac um, wissend, dass mein Schwanz hart ist und ich nur Boxershorts trage. Ihre Augen fahren über meinen Körper und hängen dann einen langen Moment an meinem Ständer, bevor sie rot wird und zur Seite schaut.

Mein Blick streift ebenso über sie und nur daher sehe ich, dass ihre Nippel hart werden. Ich starre verlangend auf ihre Titten, frage mich, wie es sein würde, sie zu ficken. Sie schaut mich nicht an, ist verlegen, dass sie mich angestarrt hat.

»Du darfst schauen, Doll«, sage ich heiser. »Soll ich ihn für dich auspacken?«

Ihre Augen fliegen zu meinen und ich sehe den Schock in ihren Augen. Fuck. Wieso habe ich das gesagt?

»Sorry. So meinte ich das nicht«, antworte ich zerknirscht, aber sie flieht schon. Ich laufe ihr hinterher, schlinge meine Arme um sie, ziehe sie an meine Brust.

Vielleicht nicht die beste Idee, weil sich mein Ständer nun in ihr Kreuz bohrt. Sie versteift sich in meinen Armen.

»Verzeih mir, Mac, bitte«, murmel ich in ihr Ohr. »Bitte, Doll. Ich hab's nicht so gemeint.«

Sie atmet schneller und ich muss mich zügeln, mein Becken nicht an ihr zu reiben. »Okay«, sagt sie leise.

»Es tut mir leid«, sage ich erneut. Sie relaxt ein wenig in meinen Armen und ich weiß nicht, wieso, aber ich drücke meine Lippen gegen ihren Hals, an die Stelle direkt unter ihrem Ohrläppchen. Ihr Atem setzt für einen Moment aus und ein winziges Stöhnen entringt sich ihren Lippen. Das macht mich forscher und meine Hände verlassen ihren Bauch, wandern hoch, umfassen ihre grandiosen Titten. Bevor sie weiß, was geschieht, reibe ich über ihre Nippel und lecke gleichzeitig an ihrem Hals.

»Lass das«, bittet sie. Ich will nicht aufhören, aber ich kann auch nicht weitermachen, wenn sie es nicht will. Ich will, dass sie mich anfleht, sie soll wahnsinnig sein vor Lust, verrückt vor Leidenschaft. Sie soll um meinen Schwanz betteln, so geil sein, dass sie mich alles machen lässt. Aber wenn sie es nicht will, muss ich es akzeptieren, auch wenn ich noch nie etwas tun musste, was mir schwerer fiel.

Ich lasse sie los, trete einen Schritt zurück.

Sie dreht sich langsam zu mir um, schaut mir in die Augen. »Es tut mir leid, wenn ich irgendwelche Signale gesendet habe, die dich zu der Annahme verleiten, dass das hier okay ist. Ich liebe Carter.«

Die Worte fahren wie ein Dolch in mein Herz, schneiden mich auf, zerfetzen mein Inneres.

Alles, was ich tun kann, ist nicken. Ich möchte mir am liebsten vor den Kopf schlagen, dass ich überhaupt auf so eine Idee gekommen bin. Natürlich liebt sie Dad. Wieso habe ich das getan?

Wieso habe ich die Freundschaft, die zwischen uns entstanden ist, auf diese Art aufs Spiel gesetzt?

»Es tut mir leid«, sage ich und lecke mir die trockenen Lippen.

»Ich möchte nicht, dass es noch mal vorkommt«, sagt sie leise und ich nicke.

»Es tut mir leid«, wiederhole ich.

Sie geht langsam die Treppe hoch und ich lehne mich an die Wand. Was zum Teufel habe ich mir dabei gedacht?

Die Wahrheit ist, ich habe nicht gedacht. Kein bisschen. Ich habe meinen Schwanz meine Entscheidungen treffen lassen. Und wann war das jemals eine gute Idee?

Ich schaue auf meine Handflächen, die gerade noch ihre Titten hielten. Ich hab noch nie so ein grandioses Gefühl gehabt wie in dem Moment. Meine Daumen tingeln ein wenig, weil sie eben noch ihre Nippel geneckt haben. Ich lecke meine Lippen, versuche ihren Geschmack auf ihnen wiederzufinden, aber es war nur ein flüchtiger Moment. Meine Zunge prickelt von den ganzen Sensationen.

Ich habe niemals etwas probiert, was so gut geschmeckt hat wie Mac. Statt meine Sehnsucht nach ihr zu lindern, wird sie lichterloh entfacht.

Mein Schwanz ist schmerzhaft hart und ich fasse fest um ihn, um mir Erleichterung zu verschaffen. Ich lehne den Kopf an die Wand und bewege die Hand hoch und runter. Ich stelle mir ihre kleinen Hände vor, fantasiere, dass sie beide benutzen muss, überlege, was sie sagen würde.

Ich reibe schneller, härter, drücke fest zu. Wie fühlt sich ihre Pussy an, wenn sie sich um mich schmiegt? Ist sie eng? Ich hoffe es. Sind ihre Muskeln stark? Ich hoffe es. Weiß sie, wie geil es ist, wenn ihre Pussymuskeln sich um einen Schwanz schmiegen, und spannt sie sie daher extra an? Ich hoffe es.

Ich stelle mir vor, wie ich sie über die Lehne des Sofas biege. Eine Hand habe ich in ihrem Nacken, drücke sie nach unten. Sie steht breitbeinig vor mir, den Arsch in die Höhe gereckt. Ich lasse meine Hand mehrmals auf ihr Fleisch klatschen, sorge dafür, dass ihre Haut schön pink ist. Fuck, was ein Anblick ... Ich war bisher nie grob mit meinen Sexpartnerinnen. Ich fantasiere zwar, beim Sex zu dominieren, aber bisher waren es eher gleichberechtigte Ficks. Aber mit Mac ... fuck. Ich will sie so hart nehmen, dass sie nur noch meinen verdammten Namen schreien kann.

Ich umfasse meinen Schwanz, drücke ihn gegen ihre Öffnung und ramme ihn ihr tief rein. Ihre Muskeln pulsieren um mich, sind geschockt von diesem harten Eintritt. Sie stöhnt und schreit, bittet mich, ihr einen Moment zu geben, aber ich ficke in sie.

Meine Hand löst sich von ihrem Nacken, greift in ihre Haare, zieht sie hoch, schließt sich dann um ihren Hals. Ich drücke zu und sie gibt kleine erschreckte Laute von sich, aber sie liebt es. Ich spüre, wie ihre Pussy überschwemmt wird, sie nasser wird. Ich höre das schmatzende Geräusch, wenn ich meinen Schwanz tief reinstecke und ihn wieder so weit wie möglich rausziehe. Ja, Mac mag es schmutzig.

Als ich meinen Schwanz rausziehe, protestiert sie, aber ich flüstere ihr ins Ohr: »Halt deine Arschbacken für mich auseinander.«

Ein kleiner Schauer durchfährt sie, aber sie gehorcht. Ich murmel, *braves Mädchen* und *gutes Mädchen* und *Ich belohne dich für deinen Gehorsam.* Ihre Finger umfassen ihren Hintern und legen ihren Eingang frei. Ich hab keine Ahnung, ob sie drauf steht, ob sie es schon mal ausprobiert hat, aber in meiner Fantasie ficke ich sie hart in den Arsch. Sie jammert und stöhnt. Ich stelle mir vor, wie ihr Tränen die Wangen runterlaufen, als sie meinen Schwanz in sich aufnimmt. Immer und immer wieder stöhnt und schreit sie meinen Namen.

Ich hab Liza letztens in den Arsch gefickt. Es war so anders und so geil. Es kann sein, dass ich seitdem analfixiert bin, aber die Idee, Macs runden Arsch zu ficken, gibt mir den Rest. Ich knurre, als ich meine Eichel so fest presse, dass es schon fast unangenehm wird. In langen Schüben schießt mein Saft aus mir, spritzt auf meine Hand, meinen Bauch, tropft auf den Boden. Aber in meinen

Gedanken verziere ich damit ihren pink gespankten Arsch, markiere ihr pinkes Loch.

Keuchend bleibe ich gegen die Wand gelehnt stehen, bis sich mein Atem beruhigt hat. Als ich mich wieder bewegen kann, hole ich Küchentücher und vernichte die Beweise.

»Ich hab keine Zeit dafür«, sagt Dad zum wiederholten Mal zu Carey.

»Das ist unfair.«

»Wieso ist es unfair, dass ich arbeiten muss? Du profitierst ja auch davon!«, antwortet Dad erneut.

»Ich bin fast sechzehn. Ich will ein Auto und einen Führerschein!«

»Du bekommst ja auch ein Auto, sobald du den Führerschein hast.« Dads Geduld hängt an einem seidenen Faden.

»Aber wie soll ich einen Führerschein bekommen, wenn du nicht mit mir fährst?«

Dad fährt sich über das Gesicht. Er sieht die Zwickmühle, aber irgendwas läuft mit der Firma momentan schief und er ist kaum noch zu Hause. Seine Augen fallen auf Mac.

»Würdest du ...?«

Sie schaut entsetzt auf. »Ich? Ich kann ihm keine Fahrstunden geben.«

»Wieso nicht? Du bist fünfundzwanzig, du hast ein verkehrstüchtiges Auto und ich bezahle jeden Schaden, den er verursacht«, meint Dad und sieht aus, als wäre das eine super Idee.

Aber Mac sieht gar nicht so aus. »Nein, Carter. Ich kann das nicht.«

Carter schaut Carey an. »Ich hab keine Zeit, überrede Mac, dir Fahrstunden zu geben. Ich unterzeichne alles.«

»Okay«, grinst Carey und der Blick, den er Mac zuwirft, sagt, dass sie schon verloren hat.

Ich weiß nicht, wieso, aber sie sieht vollkommen verängstigt aus. Sie will das nicht. Ich kneife die Augen zusammen, analysiere sie. Als sie meinen Blick bemerkt, weicht sie aus, wie jedes Mal seit dieser Nacht. Ich könnte mir in den Arsch treten, dass ich gemacht habe, was ich getan habe, weil es natürlich unsere Beziehung von Grund auf verändert hat.

Sie war zwar mit mir nie so ungezwungen wie mit Carey, was ich mir selber zuzuschreiben habe, aber jetzt geht sie sichtbar auf Abstand, hat einen Zaun zwischen uns errichtet, einen Wassergraben und ein vermintes Feld.

Ich hasse es. Ich hasse, dass sie erneut Angst vor mir hat. Jedes Mal, wenn ich ihr Gesicht sehe, das sich von mir wegdreht, bricht mein Herz. Ich bin ein abgefuckter Bastard, dass ich ihr das angetan habe.

Sie knetet ihre Hände, was sie immer tut, wenn sie nervös ist.

»Wieso willst du ihm keine Fahrstunden geben?«, frage ich sie.

Sie zuckt zusammen, als hätte ich sie geschlagen. Abrupt stehe ich auf und verlasse die Küche. Ich kann es nicht ertragen, sie so zu sehen. Und zu wissen, dass ich für dieses Verhalten die Verantwortung trage ...

Ich ziehe meine Sportsachen an, setze meine Kopfhörer auf und laufe. Ich laufe weg vor all den Gefühlen in mir. Gefühle für Mac, die Tag für Tag verwirrender werden. Liebe ich sie? Ja, denke ich. Aber weiß ich eigentlich, was zum Teufel Liebe ist?

Schuldgefühle, auch wegen Mac. Weil ich ihr ein schlechtes Gefühl gegeben habe. Weil ich ihr Angst gemacht habe, als wir gerade auf dem Weg waren, ein normales Verhältnis zu haben.

Vor Eifersucht, Wut und Verzweiflung, die auch alle nur mit ihr zu tun haben. Mac, Mac, Mac. Alles in mir dreht sich nur um sie. Ich werde noch verrückt! Ich kann das nicht überleben. Oder? Kann man unerwiderte Liebe überleben? Ist es Liebe?

Tief in meinem Herzen weiß ich, dass es so ist. Dass ich sie liebe. Dass ich sie mehr liebe, als ich je für möglich gehalten habe.

Fuck Liebe!

Sie soll sich verpissen, wenn sie nur für Kummer verantwortlich ist.

Ich renne schneller und schneller, versuche meinen Gedanken zu entkommen, *ihr* zu entkommen. Und sehe doch die ganze Zeit nur ihr Gesicht mit den braunen Augen und den braunen, langen Haaren vor mir, das mich verhöhnt, weil ich sie nicht haben kann. Sie nie haben werde. Ich bin echt am Arsch.

»Kommst du mit zu Jerry's?«, fragt Devon mich.

Ich kicke gegen einen Stein. »Keinen Bock.«

»Was ist los mit dir?«

»Was soll sein?«

Er schaut mich prüfend an. »Du ziehst seit Wochen eine Fresse.«

Ich schnaube. Tu ich ja auch, weil Mac mir immer noch aus dem Weg geht, und das schon fast zwei Monate. Sie ist liebevoll wie immer zu Dad, scherzt mit Carey, als wäre nichts geschehen, aber mich ... mich schaut sie nicht mal mehr an, als wäre ich Abschaum.

»Du vögelst nicht mehr mit Liza.«

»Hast du mein Zimmer verwanzt?«, frage ich ihn und schaue ihn misstrauisch an.

»Deinen kleinen Schwanz will ich nicht in Aktion sehen«, grinst Devon, bevor er ernst wird. »Liza jammert Ava die Ohren voll und Ava hat mich gefragt, was mit dir ist.«

»Hmmh.«

»Das ist alles, was du mir zu sagen hast?«

»Kümmer dich um deinen eigenen Scheiß, Sawyer«, knurre ich.

Er hebt im Spaß beide Hände. »Oh, der junge Löwe wird wütend.«

Ich packe an den Kragen seiner Jacke und drücke ihn mit Wucht in die Spinde. »Es geht dich verfickt noch mal nichts an!«, rufe ich wütend. Ich bin mir sicher, dass Rauch aus meinen Nüstern quillt.

»Ganz ruhig, Alter«, sagt er beschwichtigend, wobei er gleichzeitig mit einem Ruck meine Hände löst und klarmacht, dass er sich so was von mir nicht gefallen lässt. »Was hast du für ein Problem?«

»Kein Wort mehr!«

Er richtet seine Jacke und sagt locker: »Eins deiner Probleme ist, dass du seit zwei Monaten nicht mehr gefickt hast und davor beinahe jeden Tag. Aber das könntest du beheben, indem du deine kleine Puppe anrufst.«

Meine Puppe ist Mac! Doll ist mein Spitzname für sie. Wieso pflanzt er solche Gedanken in meinen Kopf? »Ich will die Fotze nicht.«

Er zieht die Augenbrauen hoch. Er hat noch nie gehört, dass ich das Wort benutzt habe.

Ich streiche mir über das Gesicht. »Fuck. Das wollte ich nicht sagen. Ich will nur Liza nicht.«

»Dann such dir eine andere, Alter. Du hast doch bei den Miezen die freie Auswahl.« Er macht eine ausladende Handbewegung, als wäre der Flur voller Schülerinnen, aber wir sind die einzigen hier nach dem Training.

»Ich will auch keine Mieze«, sage ich.

Er bleibt stehen. Ich drehe mich zu ihm um und frage: »Was?«

Er nickt langsam, ich sehe es hinter seinen Augen rattern. »Du willst eine Bestimmte.«

»Quatsch«, versuche ich ihn von der Fährte abzubringen.

»Doch. Aber ich verstehe nicht, warum du dir die Kleine nicht einfach holst!«

Ich drehe mich um und laufe in Richtung Ausgang. Ich kann seine Schritte hinter mir hören.

»Ah ...«

»Was?«, knurre ich.

»Du willst sie, kannst sie aber nicht haben.«

Ich würde ihm gerne in die Fresse schlagen, aber er ist mein Freund. Das käme vielleicht nicht so gut.

»Hmmh«, macht er und ich kann sehen, wie er die Puzzlestücke zusammensetzt. »Wenn sie in einer Beziehung wäre, würdest du sie trotzdem anmachen. Außer, wenn sie in einer Beziehung mit jemandem wäre, der dir wichtig ist.« Ich stoße die Tür auf und hoffe, dass sie ihm beim Zurückschwingen die Zähne ausschlägt. »So wie Ava.«

Ich bleibe abrupt stehen.

Er fährt ungerührt fort: »Aber es ist nicht Ava.« Ich bin froh, dass er nicht glaubt, dass ich auf sein Mädchen stehe.

»Das würde ich nie tun«, sage ich leise.

Er legt mir die Hand auf die Schulter. »Ich weiß, Hunt. Ich weiß.«

»Katie ist es auch nicht. Aber du würdest auch nie was mit Careys Freundin anfangen.« Er stockt und zieht die Luft ein.

Ich weiß, dass er drauf gekommen ist. Wie bei einem Zugunglück kann ich aber auch nicht wegsehen. Ich drehe mich zu ihm, sehe die Erkenntnis in seinen Augen, den erstaunten Ausdruck, das Wissen, dass er des Rätsels Lösung hat.

»Nein!«, sagt er beinahe ungläubig.

Ich stehe stocksteif da, sage kein Wort, bewege mich nicht. Verneine es aber auch nicht, weil ich meine Gefühle für Mac nicht abstreiten kann. Ich weiß, es ist albern, aber ich könnte ihr das nicht antun. Ich könnte sie niemals so herabsetzen, dass ich meine Gefühle für sie verleugnen würde, auch wenn sie sie nicht erwidert.

»Aber du hasst sie!«

Ich zucke mit den Schultern.

Er fährt sich durch die Haare. »Fuck, Mann.«

Ich nicke. »Dem kann ich zustimmen.«

»Wie? Wann? Wow.«

Ich drehe mich um und laufe zu meinem Auto.

»Hunt, warte! Rede mit mir!« Er läuft mir hinterher.

»Was gibt es da zu reden?«

Ich steige in meinen Wagen und er setzt sich auf den Beifahrersitz. »Du liebst Mac.«

Ich trommel auf dem Lenkrad rum. »Hör zu. Du bist mein bester Kumpel neben Carey. Du kannst es niemandem sagen. Es weiß niemand.«

»Auch sie nicht?«

Ich schaue auf meine Hände. »Ich weiß nicht, ob sie es nicht ahnt. Vielleicht denkt sie aber auch, dass ich sie nur ficken will. Keine Ahnung.«

Ein paar Minuten sind wir beide ruhig, denken beide über die abgefuckte Situation nach. »Meinst du, du hättest eine Chance, wenn sie es wüsste?«

Ich schüttel den Kopf. »Nein. Sie liebt Dad. Und selbst wenn nicht, sie würde niemals etwas mit einem Minderjährigen anfangen.«

Er zuckt mit den Schultern. »Man kann sich nicht aussuchen, in wen man sich verliebt.«

»Nein, Devon, das würde ich nicht wollen. Wenn du über einundzwanzig bist und mit einem Minderjährigen schläfst, kann das mit einer Freiheitsstrafe von einem Jahr geahndet werden. Das würde ich niemals riskieren.« Abgesehen davon liebt sie Dad, glaube ich zumindest. Ich bin mir nicht mehr so sicher, ob sie tatsächlich irgendwelche anderen Motive hat. Ich wünschte es, denn dann hätte ich eine Chance.

»Aber wenn sie nur eine Goldgräberin ...«

»Das ist sie aber nicht«, unterbreche ich.

Devon schaut mich ruhig an. »Du warst dir immer sicher.«

Ich fahre mir über den Kopf. »Ja, verdammt, aber da kannte ich sie auch noch nicht.«

»Und jetzt kennst du sie?«

»Keine Ahnung, Dev. Aber sie ist nicht der Typ, der hinter Knete her ist. Sie hat Dad nicht mal erlaubt, ihr einen anständigen Wagen zu kaufen, und fährt weiterhin ihr Clownsmobil.« Ich schaue ihn an. »Habe ich dir erzählt, wo sie arbeitet?« Er schüttelt den Kopf. »In einem privaten Zentrum für Frauen, die missbraucht wurden. Sie ist intelligent, sie hätte alles werden können, aber sie hat sich dafür entschieden, in einem Bereich zu arbeiten, der nicht gut bezahlt wird, nur um anderen zu helfen. Sie ist nicht hinter seiner Knete her.«

»Ich hab das auch nie geglaubt«, sagt er ruhig. »Ich hab nie verstanden, warum ihr beide sie so hasst.«

ich trommel mit den Fingerspitzen auf das Lenkrad. »Wir hassen sie nicht. Carey betet den Boden unter ihren Füßen an, weil sie ...« Ich breche ab. Das kann ich ihm nicht erzählen. Das ist Careys Geheimnis und nicht meins. »Naja, sie hat uns mehr als einmal gezeigt, dass wir uns auf sie verlassen können.«

»Sie ist ein cooles Mädchen.«

»Das ist sie und ich bin so gefickt.«

Einen Moment ist er ruhig. »Und wenn dein Vater mit ihr Schluss machen würde?«

*Das wäre super*, denke ich, sage aber: »Er liebt sie. Er sieht sie an, wie er Mom nie angesehen hat.«

»Fuck, Alter.«

»Das kannst du laut sagen.«

Wir schweigen wieder eine ganze Weile, weil es einfach nichts mehr zu sagen gibt. Er weiß es, will mich aber nicht alleine lassen. Ich frage mich, wann wir zu so Weibern geworden sind, die alles ausdiskutieren wollen. Aber irgendwie tut es gut, mit jemandem darüber zu reden.

Ich kann weder mit meinem Dad noch mit Carey reden. Wie würde so ein Gespräch wohl ablaufen? *Hey, Dad, ich bin in deine Freundin verliebt.*

Wohl eher nicht.

Und Carey liebt Mac mittlerweile. Er würde nicht verstehen, dass ich es riskiere, sie nicht mehr in unserem Leben zu haben. Er würde mir das nie verzeihen.

»Ich weiß nicht, was ich sagen soll«, meint er. »Ich wünschte, ich könnte dir sagen, dass du dich entlieben wirst, wenn du es nur genug versuchst ...« Er schaut mich überlegend an. »Habe ich dir erzählt, wie Ava und ich zusammengekommen sind?«

Ich schüttel den Kopf.

»Ich hab ja gesagt, ich hab sie am ersten Tag der Highschool gesehen und war hin und weg. Aber sie ... sie war es nicht.«

Ich reiße erstaunt die Augen auf und er lacht. »Wir waren zu dem Zeitpunkt beide vierzehn, aber ich war damals ein lauter, arroganter Sack.« Wieder schaue ich ihn ungläubig an, denn Devon ist so ziemlich das Gegenteil. »Ja, glaub es nur. Ich habe sie also gesehen und habe groß getönt, dass sie meine Freundin werden wird. Sie hat das gehört und mir gesagt, dass eher Schweine fliegen lernen.« Er grinst. »Das konnte ich natürlich nicht auf mir sitzen lassen, also wollte ich ihr beweisen, dass ich sie kriegen kann, wenn ich es nur will. Ich habe alle Register gezogen, jedes einzelne. Aber sie blieb stur. Sie hat mir später erzählt, dass sie Angst hatte, dass ich sie nicht mehr wollte, wenn sie nachgeben würde. Und wenn ich ehrlich bin, war das auch berechtigt. Das ganze Freshman-Jahr habe ich sie umgarnt. Ich war schon das Gespött der ganzen Schule. Dann kamen die Sommerferien und ich habe sie am See mit einem anderen Jungen gesehen. Es hat mir das Herz gebrochen und da ging mir auf, dass es mir gar nicht um die blöde Wette ging, sondern um sie. Dass ich sie mochte, dass ich es mochte, mich mit ihr zu battlen, dass ich Spaß daran hatte, mir Wege auszudenken, sie in mich verliebt zu machen.« Er schaut nachdenklich aus dem Fenster. »Aber sie mit diesem anderen Jungen zu sehen, hat mir gezeigt, dass es ihr wohl nicht so ging. Sie hatte offensichtlich keinen Spaß an unserem Wettstreit. Ich beschloss also, es gut sein zu lassen. Ich wollte mich entlieben und dann ein Mädchen finden, das mich liebt.«

Ich verstehe, was er mir sagen will, unterbreche ihn aber nicht, weil ich das Ende hören will.

»Das ganze Sophomore-Jahr habe ich es versucht. Ich habe aufgehört, sie zu jagen, und gehofft, dass mein Herz das verstehen würde. Sie war verwirrt, hat nicht verstanden, warum ich sie aufgegeben habe. Immer wieder sah ich ihre traurigen, fragenden Blicke. Und jedes Mal pochte mein Herz lauter, nannte mich einen Idioten, aber ich hatte einen Entschluss gefasst und wollte diesen durchziehen. Kurz vor dem Ende dieses miserablen Schuljahres bin ich mit dem Fahrrad durch die Hügel gefahren und habe sie dort getroffen. Sie hatte einen Platten und der Handyempfang war in der Gegend ziemlich schlecht. Eigentlich wollt ich weiterfahren, aber sie sagte meinen Namen und ich konnte nicht. Es gab keine Möglichkeit, den Reifen zu flicken, also setzte sie sich auf die Stange meines Rads und ich fuhr sie nach Hause. Als wir dort ankamen, bedankte sie sich. Ich nickte nur und wollte wieder fahren. Da rief sie mir hinterher: ›Wieso hasst du mich?‹ Ich blieb stehen und schaute sie fassungslos an.« Er streicht sich die Haare aus der Stirn. »›Hassen?‹, fragte ich sie. ›Du bist die Liebe meines Lebens.‹« Er grinst. »*Go big or go home.* Jetzt war es an ihr, mich fassungslos anzustarren. Sie flüsterte: ›Was?‹ Ich strich mir genervt die Haare aus dem Gesicht. ›Was soll der Scheiß? Ich habe seit dem ersten Schultag keinen Zweifel an meinen Gefühlen für dich gelassen.‹ Sie schaute irgendwie verwundert. ›Ich dachte, es war nur ein Spiel.‹ Ich wurde wütend, weil es für mich ja nicht nur ein Spiel war. ›Ein Spiel? Ein verficktes Spiel? Ich habe nur mein beschissenes Herz aufs Spiel gesetzt! Das war mein Einsatz, aber du hast einfach drauf rumgetrampelt.‹ Ich setzte mich aufs Rad und fuhr weg. Ich hörte sie hinter mir herlaufen, aber ich strampelte nur schneller. Und auf einmal rief sie: ›Ich liebe dich auch, Devon!‹ Ich stoppte so abrupt, dass ich vom Rad fiel. Da saß ich auf dem Boden, starrte sie an. Mit Tränen in den Augen rannte sie zu mir, betrachtete mich, suchte nach Verletzungen. Und ich konnte nicht anders. Ich legte meine Hände um ihren Kopf und küsste sie.« Er lacht, auch wenn es ein bisschen wehmütig klingt, weil es offensichtlich ist, dass es wehtat.

»Wenn du die Geschichte irgendwem erzählst, bringe ich dich um«, sagt er und hält mir grinsend die Faust hin. Ich lasse meine gegen seine krachen und lächel ebenfalls.

»Wow.«

Er nickt. »Man kann sich nicht entlieben, wenn es die große Liebe ist. Und wenn sie dir nicht wichtig wäre, dann würde es dir nicht so scheiße gehen.«

Resigniert lasse ich den Kopf hängen, dabei schießen gerade jede Menge Funken durch meinen Körper. Die große Liebe? Ist sie das? Ist Mac meine große Liebe?

## 13

# Mac

Ich laufe Carter hinterher. »Aber du hast es versprochen!«

Er schenkt sich einen Scotch ein. »Ich weiß, Sweetie, aber ich schaff es nicht. Ich muss heute noch nach New York fliegen.«

Ich bin wie vor den Kopf geschlagen. Er fliegt immer öfter in den Big Apple. Immer öfter bleibe ich hier alleine mit seinen beiden Kindern. Manchmal frage ich mich, ob ich für ihn nur eine billige Hausangestellte bin. Seine Nanny.

»Carter, ich bitte dich. Dieser Abend ist wichtig für mich, für das Center. Tu das nicht«, bitte ich ihn.

Er schaut mich ein wenig schuldbewusst an. »Sweetie, ich weiß das alles. Aber ich kann es nicht ändern. Ich muss diesen Termin morgen wahrnehmen, sonst platzt der gesamte Deal. Ich kann es nicht ändern, so leid es mir tut.« Als wäre das Thema erledigt, setzt er sich auf die Couch und liest Zeitung.

»Wird das jetzt immer so sein?«, frage ich ihn.

Er lässt die Zeitung sinken. »Wird was immer wie sein?«

»Na, das hier. Das alles für dich wichtiger ist als ich.«

Er verdreht ein wenig genervt die Augen. »Mackenzie, Sweetheart, nichts ist für mich wichtiger als du und meine Jungs. Aber ich kann es nicht ändern, dass durch diesen Deal meine

Anwesenheit in New York beinahe ständig erforderlich ist. Wenn ich dich nicht hätte, wüsste ich gar nicht, wie ich es schaffen sollte.«

»Du warst drei der letzten vier Wochen in New York.«

»Ich weiß und es tut mir leid. Aber ich kann es momentan nicht ändern.«

»Du warst vier der letzten fünf Monate in New York.«

»Sweetie, ich weiß, dass du darüber erbost bist, aber es ist mein Job.«

Ich schaue ihn an, versuche, die Wut hinunterzuschlucken, um nicht zu schreien, sondern sachlich bleiben zu können. »Erbost? Carter, wir haben keine Fernbeziehung, aber es fühlt sich so an.«

Er steht auf, kommt auf mich zu, streichelt meine Arme hoch und runter. »Ich weiß, Sweetie. Sobald der Deal über die Bühne gegangen ist, sehen wir uns wieder öfter. Ich brauch dich in meiner Ecke, Sweetie. Du musst mir den Rücken freihalten, sonst schaffe ich es nicht. Ich verspreche, dass es auch wieder bessere Zeiten gibt. Sobald alles unter Dach und Fach ist, bin ich wieder öfter hier in San Diego.« Er umfasst mein Gesicht, schaut in meine Augen und küsst mich sanft auf die Lippen.

Ich bin sauer auf die Situation, aber ich kann ihm nicht widerstehen. Ich küsse ihn zurück. Der Kuss wird heftiger, heißer, leidenschaftlicher.

»Gutes Mädchen«, murmelt er und küsst mich noch einmal zärtlich.

Er setzt sich wieder auf die Couch und ich stehe da, wie vom Donner gerührt. »Gutes Mädchen?«, frage ich in einer Tonlage, die eigentlich nur Hunde hören können.

»Was?«, fragt er.

Ich verschränke die Arme vor der Brust. »Hast du mich gerade gutes Mädchen genannt?« So laut ich gerade war, so leise bin ich jetzt.

»Das ist doch nur ein Ausdruck«, gibt er beinahe schon gelangweilt zurück.

»Oh nein! Das ist symptomatisch für unsere Beziehung! Du behandelst mich wie ... wie deine Angestellte! Als wäre ich dein

Kindermädchen. Oder deine Putzfrau. Oder deine Köchin. Du nimmst mich nicht für voll. Weder meine Ideen und Wünsche, noch mich als Person.«

»Nun mach mal einen Punkt. Warum machst du denn aus einer Mücke einen Elefanten? Ich entschuldige mich, dass ich dich gutes Mädchen genannt habe.« Er lächelt mich liebevoll an. »Ich wollte nur zum Ausdruck bringen, dass ich zufrieden bin.«

Ich war schon dabei, mich abzukühlen, aber bei diesem Satz bin ich erneut auf hundertachtzig. »Zufrieden? Oh, habe ich den Herrn und Meister zufrieden gemacht?«, spucke ich beinahe aus. Ich sage mir immer wieder, dass ich ruhig bleiben muss. Dass es nichts bringt, wenn ich sauer werde und ihn anschreie. Durch Schreien ist noch kein Problem gelöst worden.

»Herrgott, Mackenzie! Leg doch nicht jedes verfickte Wort auf die Goldwaage!«

»Ach, jetzt willst du mir auch noch sagen, wie ich zu fühlen habe?« Das ist das Ding mit Streitereien. Man kommt von Hölzchen auf Stöckchen und auf einmal geht es nicht mehr nur um die eine Situation, über die man sich geärgert hat, sondern ganz plötzlich stellt man das Fundament der Beziehung in Frage.

»Das habe ich nicht gesagt. Ich habe keinen Bock auf Streit! Ich muss in weniger als einer Stunde am Flughafen sein. Ich will einfach nur ein wenig Ruhe. Ist das zu viel verlangt?« Er funkelt mich an, behält aber noch die Ruhe.

Ich? Nicht so sehr. »Wenn du keinen Bock auf Stress hast, dann rede nicht so von oben herab mit mir.«

»Mackenzie«, sagt er in einem warnenden Tonfall.

Aber ich höre nicht drauf. »Schon wieder!«

Er springt auf. »Was ist dein beschissenes Problem? Du benimmst dich wie ein Kleinkind! Bisher habe ich dich immer für eine erwachsene Person gehalten, aber da habe ich mich wohl getäuscht!« Aus den Augenwinkeln nehme ich wahr, dass Hunter und Carey im Eingang stehen und uns beobachten. Ich will den

Streit abbrechen, will ihnen keinen Kummer machen. Ich hebe die Hände.

»Carter ...«

Aber jetzt ist er sauer. »Ich habe es satt! Hörst du? Ich habe es satt, mir ständig Vorwürfe von dir anhören zu müssen, wenn es um meinen Job geht.« Wir beide wissen, dass er an der Stelle unfair ist, weil ich mich bisher noch nie beschwert habe. »Ich kann es nicht ändern, dass ich nicht jedes Mal deine Hand halten kann, wenn du irgendwelche Reden oder Vorträge oder anderen Scheiß halten musst.«

»Scheiß? Du bezeichnest meine Arbeit als Scheiß?«, frage ich entsetzt.

Er fährt sich durch die Haare. »Es kann sich nicht alles um dich drehen! Das lernt man eigentlich, wenn man erwachsen wird! Da muss man Kompromisse machen und auch mal zurückstecken. Mein Job ist nun einmal vereinnahmend. Aber das hast du gewusst! Und du beschwerst dich ja auch nicht über das Geld, das du zur Verfügung hast.«

Seine Worte sind wie ein Peitschenhieb. »Wie bitte? Ich habe noch nicht einen Penny von dir genommen.«

»Ach nein? Und wie lebst du hier? Bezahlst du Miete?«

Eigentlich ist er nicht so. Eigentlich ist er nett und lieb und unterstützend. Aber offenbar habe ich bei ihm auch Dinge getriggert, die er nicht verarbeitet hat. Vielleicht Dinge aus seiner Ehe. Vielleicht hatte er immer das Gefühl, dass Lauren ihn nur ausgenutzt hat. Vielleicht, vielleicht ... Und doch ... Mein Magen dreht sich um, als ich seine bösen Worte höre. Alles kommt wieder hoch. Meine Trigger werden auch alle gleichzeitig ausgelöst. Ich fühle mich wertlos. Eine ganz verfahrene Situation. Zwei verletzte Menschen, die es gerade nicht schaffen, über ihren Schatten zu springen.

»Nein, natürlich nicht! Wozu auch? Ich habe ja das Geld, um dir ein schönes Leben zu ermöglichen. Und ich tue es auch gerne! Aber im Gegenzug erwarte ich zumindest, dass du mir keine

Vorhaltungen machst, wenn ich geschäftlich verreisen muss!« Seine Stimme hat an Lautstärke hinzugewonnen.

»Es geht hier nicht um Geld!«, rufe ich. »Es geht darum, dass du dem, was ich tue, keinen Wert beimisst.«

»Wert? Dein Gehalt ist lächerlich, Mackenzie! Du kannst den Job nur machen, weil ich für deine Ausgaben aufkomme.«

»Nicht alles wird monetär gemessen«, verteidige ich mich.

Er lacht spöttisch. »Ach, Sweetie, sei doch nicht so naiv! Geld regiert die Welt. Ich hab kein Problem damit, dich auszuhalten, aber lüg dir doch nicht in die eigene Tasche. Du lebst von meinem Geld. Und das will verdient werden, weswegen ich nach New York fahren muss.«

Ich schaue kurz auf den Boden, schlucke hart. »Du denkst, es geht mir ums Geld?«

»Nein, ich weiß, dass du mich liebst, es ändert aber nichts an den Tatsachen. Und die Tatsachen sind, dass deine Arbeit keinen finanziellen Nutzen hat, weswegen diese ganze Diskussion keinen Nutzen hat, denn ich kann meinen wichtigen Termin nicht absagen, um bei deiner Veranstaltung deine Hand zu halten. Im Gegensatz zu dir kann ich mir den Luxus nicht erlauben, nur zum Spaß zu arbeiten.«

Wir streiten erst zum zweiten Mal. Vielleicht werden wir irgendwann besser darin, vielleicht ist aber die Essenz eines Streits auch, dass man versucht, den anderen zu verletzen. Ich hab nie gedacht, dass wir so sind. Carter war immer der perfekte Gentleman, immer auf mich bedacht, immer vorsichtig, um mir nicht wehzutun. Er weiß zwar nicht, was mir passiert ist, weil ich nie den richtigen Moment gefunden habe, um es ihm zu sagen, aber es war, als hätte er unterschwellig gespürt, dass ich manchmal wie ein rohes Ei behandelt werden muss.

»Es hat also für dich keinen Wert, wenn ich Frauen helfe, die von ihren Ehemännern vergewaltigt und misshandelt wurden? Es hat für dich keinen Wert, wenn ich Kindern helfe, die von ihren Eltern missbraucht werden? Es hat für dich keinen Wert, wenn ich

Müttern helfe, die von ihren Kindern terrorisiert werden?«, frage ich fassungslos.

»Ich habe gesagt, es hat keinen finanziellen Wert. Dreh mir nicht die Worte im Mund um!«

Ich zeige mit dem Zeigefinger auf ihn. »Das ist wirklich das Kaltherzigste, was je jemand gesagt hat! Wie kannst du nur?«

Er kommt drohend auf mich zu. »Ich hab keinen Bock mehr auf deinen Scheiß!« Er fasst nach meinen Oberarmen. »Dieser Streit ist absolut sinnlos! Du hast eine absolut naive Einstellung zum Leben und kommst damit nur durch, weil andere für dein Leben aufkommen! Ich hab für diesen Kindergartenkram keine Zeit! Werd erwachsen!«

»Du tust mir weh«, sage ich leise, weil er immer fester und fester zugedrückt hat.

»Dad, lass sie los!«, mischt sich Hunter ein.

Er lässt meine Arme los und schaut mich beschämt an. »Das wollte ich nicht.«

Ich reibe meine Oberarme und nicke. »Sweetie ...« In diesem Moment klingelt das Telefon und er ... geht dran.

Ich kann es nicht fassen, dass er das tut. Ich drehe mich um, eile die Treppe hinauf ins Schlafzimmer. Ich schließe die Tür, lasse mich auf den Boden gleiten, lehne mich gegen die Wand und kämpfe gegen die Tränen an, aber sie sind stärker als ich. Ich umfasse meine Beine, lege meinen Kopf auf die Knie und lasse meine Emotionen aus mir herausfließen.

Es klopft an der Tür. »Mac?«, fragt Hunter leise.

Ich antworte nicht, hoffe, dass er denkt, dass ich schon schlafe. Der Streit mit Carter war schlimm, aber eigentlich waren es nicht seine Worte, sondern all die Gefühle, die sie wieder nach oben gebracht haben. Über allem das Gefühl der Wertlosigkeit. Ich habe so lange gebraucht zu begreifen, dass ich ein wertvoller Mensch bin, dass ich dafür gar nichts tun muss, sondern dass das eins der unveräußerlichen Rechte ist, die uns Menschen inne wohnen.

Die Tür öffnet sich langsam.

»Geh weg«, murmel ich.

Er schaut überrascht nach unten. »Ist alles okay mit dir?«, fragt er.

»Klar, alles okay.«

Er kommt rein und setzt sich neben mich. »Lügst du mich gerade an?«

»Nein, wieso sollte ich?«, sage ich und ziehe die Nase hoch.

»Mac ...«

»Ist schon gut, Hunter.«

»Nein, gar nichts ist gut, Doll.« Er ist einen Moment leise. »Er hat viele gemeine Dinge gesagt.«

»Du musst das nicht sagen.«

»Es ist aber wahr.«

»Misch dich nicht ein. Er ist dein Dad. Ich muss meine eigenen Kämpfe bestreiten.« Ich schaue auf den Boden.

Ich spüre seine Fingerspitzen federleicht an meinem Kinn. Sacht dreht er mein Gesicht zu sich, schaut mir in die Augen. »Ich würde jeden Kampf für dich ausfechten.«

»Hunter ... Nicht.«

Er schluckt. »Es ist aber so.«

»Du kannst mir so was nicht sagen. Ich bin die Freundin deines Dads.«

Seine Hand bewegt sich von meinem Kinn zu meiner Wange und er schmiegt die Handfläche gegen sie. Es wäre so einfach, sich in die Wärme fallen zu lassen, aber ich kann nicht. Ich löse mich und sehe die Enttäuschung in seinem Blick.

Irgendwann fragt er: »Was ist dir passiert, Mac?«

»Was meinst du?«, frage ich unsicher.

»Dir ist was Schlimmes passiert. Dein Tattoo ...«

»Nur ein paar Blumen«, sage ich.

Er schüttelt den Kopf. »Das meine ich nicht.« Er hebt mein Handgelenk an, tippt mit dem Finger auf meine Uhr. »Ich meine das hier.«

Ich schlucke. Ich zeige das Tattoo nie jemandem. Ich weiß nicht, ob Carter es jemals gesehen hat. Vielleicht mal beim Schwimmen oder Duschen, aber er hat nie danach gefragt. *Ist es ihm aufgefallen*, frage ich mich plötzlich. In diesem Moment fühlt es sich plötzlich so wichtig an, es zu wissen. Wieso hat Carter nicht gefragt, aber Hunter zieht all die richtigen Schlüsse? Ist es ... bin ich... Carter egal?

Und gleichzeitig fühle ich mich schuldig, als ich es denke. Er ist eigentlich nicht so, wie heute. Eigentlich nicht ...

Ich zucke mit den Schultern. »Sind nur ein paar Worte.«

Er nickt leicht. »Da steht *free at last.*«

»Hunter ...«

»Das Center, in dem du arbeitest, hat den gleichen Namen. Ein Zufall?«

»Ich ...«

»Dir ist etwas Schlimmes passiert, Mac. Die Dinge, die du damals auf dem Wutberg gesagt hast, gehen mir nicht aus dem Kopf.«

Ich schließe die Augen und eine Träne löst sich.

»Du arbeitest mit Frauen, die von ihren Ehemännern misshandelt werden, aber ich denke, du bist zu jung, um schon verheiratet gewesen zu sein. Du hast auch kein Kind, das alt genug wäre, dich zu terrorisieren. Also bleibt nur, dass du als Kind von deinen Eltern missbraucht wurdest. Liege ich richtig?«

Viel zu richtig für mein Seelenheil.

»Ich kann es dir nicht erzählen«, sage ich.

»Wieso nicht?«

»Weil es nicht fair ist, dich damit zu belasten.«

»Vor kurzem habe ich Devon etwas erzählt, was ich vorher in mir eingeschlossen hatte. Es war nicht leicht, aber danach habe ich mich leichter gefühlt.«

Ich nicke. »Ich weiß, dass darüber sprechen hilft. Ich war in Therapie, so bin ich auf das Center gekommen. Aber ich kann nicht mit dir darüber sprechen.«

»Wieso nicht?«

Ich streichel einmal über seine Wange und er lehnt sich in meine Berührung. »Weil du so jung bist, dein ganzes Leben vor dir hast. Ich kann dich nicht mit Dingen belasten, die nicht zu ändern sind und die dich auch nicht betreffen.«

»Ich weiß, du willst es nicht hören, aber ich liebe dich«, sagt er und mein Herz bleibt stehen. »Ich weiß, dass du nicht das Gleiche für mich empfindest, aber das ändert nichts an meinen Gefühlen für dich. Du bist unter meiner Haut. Alles, was dich etwas angeht, geht mich auch was an.«

Ich schaue ihn beinahe ehrfürchtig an und frage mich, wie man mit siebzehn schon so mutig sein kann. Es ist nicht leicht, sich so verletzlich zu machen und einer anderen Person seine Liebe zu gestehen, schon gar nicht, wenn man weiß, dass die andere Person nicht so empfindet.

Mein Herz bricht bei der Vorstellung, dass ich sein Herz brechen werde. Ich werde nie so für ihn empfinden, aber ich kann ihm einen Teil von mir geben, den niemand sonst kennt, nur meine Kollegen im Fitnessstudio.

»Als ich zwölf war, bin ich mit meiner großen Schwester zum See gegangen. Es war heiß, wir wollten schwimmen, uns abkühlen. Wir haben getobt, uns Streiche gespielt, eigentlich war alles wie immer. Wir sind getaucht. Als ich wieder an die Oberfläche kam, war sie weg. Sie tauchte nicht wieder auf. Ich rief nach ihr, schaute mich um, tauchte erneut. Das Wasser war trübe, ich konnte nichts sehen, aber ich tastete nach ihr. Immer und immer wieder tauchte ich runter, um sie zu finden, aber sie war nicht da. Ich bekam immer mehr Panik, schrie nach ihr, sagte, dass das nicht lustig sei. Flehte sie an, wieder aufzutauchen. Aber sie tauchte nicht auf. Ich wollte nicht gehen, tauchte bestimmt dreißig Mal hinunter, konnte sie aber nicht finden. Irgendwann schwamm ich ans Ufer und lief weinend nach Hause. Ich erzählte meinen Eltern, was passiert war, und sie rannten zum See. Mein Dad schwamm raus, suchte nach ihr. Die Polizei und die Feuerwehr kamen. Rettungstaucher suchten den See ab. Als sie sie aus dem See zogen, war sie ganz blau. Sie hatte sich in etwas verheddert. Ich weiß nicht genau, was es war. Ich hab nicht mitbekommen, was der Taucher gesagt hat. Ich brach am Ufer zusammen, versuchte, zu meiner großen Schwester zu gelangen, zu Helen.« Die Tränen laufen meine Wangen hinunter. Irgendwann hat Hunter meine Hand in seine genommen und sie nicht mehr losgelassen.

»Ich konnte zusehen, wie mein Dad und meine Mom zerbrachen, wie unsere Familie zerbrach. Eine Therapeutin kam zu uns nach Hause, sprach mit uns, sagte mir, dass es nicht meine Schuld sei. Aber ich wusste es besser. Wenn ich nicht vorgeschlagen hätte zu tauchen. Wenn ich länger nach ihr gesucht hätte. Wenn ich besser aufgepasst hätte. Wenn ich mich mehr angestrengt hätte. Dann wäre sie noch am Leben. Ich war Schuld. Ich hatte meine Schwester auf dem Gewissen. Die Therapeutin versuchte, mir zu helfen, aber ich habe ihr nicht geglaubt.«

Ich schlucke und wische mir die Tränen ab, was keinen Sinn hat, weil immer wieder welche nachkommen.

»Ein paar Wochen später ist mir ein Teller runtergefallen. Fuchsteufelswild ist meine Mom in die Küche gestampft, hat geschrien, dass ich alles kaputt mache, und mir eine schallende Ohrfeige verpasst. Ich war entsetzt, vollkommen fassungslos. Ich konnte gar nicht reagieren. Ich weinte, sammelte die Scherben ein und verkroch mich dann in meinem Bett. Als mein Dad nach Hause kam, hörte er mein Weinen und kam in mein Zimmer. Er nahm mich in die Arme, streichelte meinen Rücken, beruhigte mich. Ich schmiegte mich an ihn. Plötzlich spürte ich seine Hand unter meinem Nachthemd. Er fasste nach meinen Brüsten, die gerade erst wuchsen.«

Hunter schaut mich entsetzt an. Seine Hand schließt sich fester um meine und ich bin ihm dankbar für seine Unterstützung. Ich weiß nicht, ob ich weitererzählen könnte, wenn er nicht da wäre und mir stummen Support geben würde.

»Ich wusste nicht, was ich tun sollte. Ich sagte ›nein‹, aber er sagte, dass das schon okay sei, dass er das bei Helen auch gemacht und sie das immer gemocht habe. Seine Finger wanderten in mein

Höschen und ... naja, in dieser ersten Nacht hat er nichts weitergemacht, aber bald schon hat er ...«

»Gott, Baby«, sagt er leise und zieht mich an sich. »Du brauchst nicht weiter reden.«

Aber jetzt sind die Schleusen einmal geöffnet und es ist schwer, die Flut aufzuhalten. »Er ist jede Nacht in mein Zimmer gekommen, hat mich betatscht. Als ich vierzehn war, hat er mich das erste Mal vergewaltigt. Meine Mutter wusste das alles, aber statt mir zu helfen, hat sie mich geschlagen und niedergemacht.«

»Wieso hast du dich nicht gewehrt?«, fragt er leise.

Ich schlucke. »Weil ich es für meine Strafe gehalten habe, dass ich meine Schwester umgebracht habe.«

Ich sehe in seinen Augen, dass sein Herz bei meinen Worten bricht. »Wann hat es aufgehört?«, fragt er.

»Ein Jahr später bin ich weggelaufen. Ich wurde von der Polizei aufgegriffen, die die ganzen Verletzungen verdächtig fand. Ich wurde untersucht, es wurden Spermarückstände gefunden, ein DNA-Test gemacht. Mein Vater wurde angeklagt. Da ich unter sechzehn war, war es ein Klasse C Vergehen und er ist zu zehn Jahren verurteilt worden, die er mittlerweile wohl verbüßt hat. Meine Mutter wurde ebenfalls angeklagt und zu zwei Jahren auf Bewährung verurteilt, weil sie mir nie die Knochen gebrochen oder mir die Haut verbrannt hat. Blaue Flecken durch eine Bratpfanne sind offensichtlich harmlos.«

»Was ist dann passiert?«, fragt er nach einer Weile.

»Ich bin ins System gekommen, habe bei einer Pflegefamilie gewohnt. Ich war in Therapie, aber es hat nicht wirklich was gebracht. Ich war so sauer, so wütend auf die ganze Welt. Auf meine Eltern, auf die Gesellschaft, auf mich selbst. Ich bin ständig explodiert, hab aufgrund meines aggressiven Verhaltens keinen Anschluss gefunden und war so unglaublich einsam.« Ich schlucke. »Aber ich war gut in der Schule, weil ich wusste, dass es meine einzige Chance ist. Ich hab ein Stipendium für die Uni hier bekommen, dachte, alles würde gut werden, aber es ging ebenso weiter. Bis ich das Center entdeckt habe. Shane, mein Boss, hat mir die Tür geöffnet und mich gerettet. Die Kombination aus Fitness und Therapie war wie ein Wunder. Ich konnte meine Aggressionen abbauen und hatte gleichzeitig jemanden, der mir den Weg gewiesen hat. Ich hatte kein Geld, also habe ich am Empfang gearbeitet. Nach nur ein paar Wochen ging es mir so viel besser, dass ich überzeugt von der Methode war. Ich änderte mein Hauptfach, weil ich anderen Frauen helfen wollte, die Ähnliches durchgemacht haben.«

Er hat seinen Arm um meine Schultern gelegt und schaut mich ernst an. »Dein Job ist wichtig.«

»Danke«, sage ich leise. »Shane hat mich gerettet. Ich weiß nicht, wo ich ohne ihn jetzt wäre.«

»Ich bin sehr froh darüber«, sagt er. »Danke für dein Vertrauen.«

Ich nicke.

»Hattest du jemals wieder Kontakt zu deinen Eltern?«

Ich schüttel den Kopf. »Nein, aber ich weiß, dass meine Mutter gestorben ist.«

»Fändest du es sehr schlimm, wenn ich deinen Dad umbringen würde?«

Ich schaue zu ihm auf. Seine Augen brennen beinahe vor Wut. »Hunter, nicht. Ich hab dir die Geschichte nicht erzählt, damit du mich rächst.«

Er streichelt meine Wange. »Ich weiß.«

»Es nützt nichts, in der Vergangenheit zu leben.«

Er lächelt. »Keine Sorge, Doll. Ich werd ihn nicht suchen.«

Ich nicke und dann spüre ich seine Lippen auf meinen. Ganz zart nur. In einem Anfall von geistiger Umnachtung lehne ich mich in den Kuss. Er nimmt das als Aufforderung und drückt seinen Mund auf meinen. Ich öffne meine Lippen, empfange seine Zunge. Seine Hände halten meinen Kopf. Meine Hände greifen in sein Shirt. Er vertieft den Kuss, der jede einzelne Hautzelle aufweckt. So bin ich noch nie geküsst worden. So voller Hunger, so voller Leidenschaft, so voller Leben. Alles in mir prickelt und tingelt, meine Lippen sind schon geschwollen, aber ich kann nicht aufhören, ihn zu küssen. Mein Gott, wie können siebzehnjährige Jungs küssen!

Und dieser Gedanken macht mich wieder nüchtern. Er ist siebzehn. Er ist Carters Sohn. Ich betrüge gerade meinen Freund mit seinem eigenen Kind.

Ich löse mich. »Es tut mir leid.«

»Was, Baby?«, fragt er mit einem kleinen Lächeln auf den Lippen.

»Ich kann das nicht.«

Das Lächeln verschwindet und sein Blick zeigt seine Enttäuschung. »Mir tut es leid.«

»Das darf nicht wieder vorkommen. Bitte, Hunter, versprich es mir.«

Ich sehe ihm an, dass er es nicht will. Er seufzt leise. »Das kann ich nicht, aber ich verspreche, dass ich es nicht initiieren werde.«

# 14

# Mac

»Hey, Mac«, sagt Sheila, als ich zur Tür reinkomme.

»Ich muss mit dir reden«, sage ich und gehe in mein Büro. Sie kommt mir neugierig hinterher.

»Was ist los?«

Ich schließe die Tür und setze mich dann auf einen der Sessel, die hier stehen. »Ich hab Mist gebaut.«

»Was heißt Mist?«

Ich beiße mir auf die Unterlippe, weiß nicht, wie ich es sagen soll. Aber dann gebe ich mir einen Ruck. »Ich habe Carter betrogen.«

Sie zieht eine Augenbraue hoch. »Ähm, wie bitte?«

Vielleicht sollte ich erwähnen, das alle meine Freunde Fans von Carter sind, weil er wirklich, wirklich ein guter Mensch ist und ein toller Freund und ein netter Mann.

»Ich hab ... Gott ... ich hab gestern Hunter geküsst.«

»Wer ist Hunter?«, fragt sie, bevor ihre Augen weit werden. »Seinen Sohn?«

Ich nicke beschämt. »Ja, seinen minderjährigen Sohn.«

»Wieso?«, fragt sie schockiert.

»Weil ... keine Ahnung. Seine Lippen waren plötzlich auf meinen und ich habe ihn zurückgeküsst«, sage ich leise.

»Du bist die Erwachsene, Mac. Du hättest das Richtige tun müssen.«

»Ich weiß.«

»Du liebst Carter.«

»Ich weiß.«

Sie ist einen Moment still. »Mac ... Ich will dir nicht noch ein schlechteres Gewissen machen, als du eh schon hast, aber was denkst du, was Carter davon halten würde, wenn du seinen minderjährigen Sohn küsst?«

Ich schlinge die Arme um mich. »Er wäre nicht erfreut.«

»Davon gehe ich aus.« Sie ist einen Moment still. »Hast du Gefühle für Hunter?«

»Nein«, sage ich und es ist die Wahrheit. Ich mag ihn, aber nicht so. Ich weiß nicht, wie es wäre, wenn wir uns unter anderen Umständen kennengelernt hätten, aber er ist der Sohn meines Freundes.

»Wieso hast du es also getan?«

Ich reibe mir die Augen. »Ich hab mich mit Carter gestritten. Er musste wieder nach New York und heute ist doch unser Event und ich wollte, dass er mitkommt. Er hat mir gesagt, dass seine Arbeit finanziell wertvoll sei und meine nicht und dass ich daher verstehen müsse, dass er seine Arbeit vorzieht.«

»Aber, Mac, er würde es bestimmt anders sehen, wenn du ihm erzählen würdest, was dir passiert ist ...«

»Vielleicht.«

»Bestimmt sogar. Carter ist ein guter Mensch.«

Ich nicke. »Jedenfalls habe ich in meinem Schlafzimmer geweint und Hunter ist reingekommen. Und irgendwie habe ich ihm alles erzählt ...«

Sie zieht die Augenbrauen hoch. »Du hast Hunter erzählt, was passiert ist, aber Carter nicht?«

Ich nicke und beiße mir wieder auf die Lippe.

»Wieso?«

»Er ist irgendwie von selbst draufgekommen, hat die richtigen Schlüsse gezogen ... Und er war so lieb und nett und ...«

»Und dann hast du ihn geküsst.«

»Ja.«

»Ach, Mac ... Ich weiß nicht, was ich dir anderes sagen kann, als mach das nicht wieder. Du liebst Carter, du hast keine Gefühle für Hunter. Du weißt, dass es falsch war.«

Ich nicke. »Soll ich es Carter sagen?«

Sie schüttelt den Kopf. »Normalerweise würde ich immer für Ehrlichkeit plädieren, aber in diesem Fall ... Carter würde es nicht verstehen. Es ist ja nicht, dass du irgendwen geküsst hast. Es ist sein Sohn, sein minderjähriger Sohn.«

»Ja.«

»Und Hunter würde vielleicht auch Probleme mit seinem Dad bekommen. Willst du das?«

Ich schüttel den Kopf. »Nein, das will ich natürlich nicht.«

»Ich würde nichts sagen«, sagt Sheila resolut.

»Und wenn ich sage, dass ich jemanden geküsst habe, aber nicht wen?«

»Er wird nachfragen und dann musst du ihm irgendeinen Namen nennen. Und was wäre glaubwürdig? Ein Arbeitskollege? Irgendein Fremder?«

»Ich sag also nichts.«

Sie nickt. »Das halte ich für das Beste. Vor allem, wenn es nicht wieder vorkommt.«

Es wird nicht wieder vorkommen. Er ist minderjährig, er geht noch zur Highschool, er ist Carters Sohn. Dass er in nicht mal vier Monaten achtzehn wird, ändert nichts.

Abends stehe ich in einem wunderschönen Abendkleid aus lila Seide in einem Ballsaal, begrüße unsere Gäste, stehe auf der Bühne und gebe die Einführungsrede. Wir haben eine große Auktion, bei der Spenden von Stars versteigert werden. Jeans Kontakte in die MMA-Szene und Shanes Hollywood-Kontakte – sein Vater ist ein berühmter Regisseur, dessen letzte fünf Filme jeweils mehr als hundert Millionen Dollar eingespielt haben – sorgen dafür, dass wir tolle Stücke haben.

Und doch fehlt etwas. Während meine Kollegen von ihren Familien unterstützt werden, stehe ich hier alleine. Ich kämpfe gegen den Kloß an, der sich in meiner Kehle bildet.

Plötzlich legt sich ein Arm um meine Schulter. Ich zucke zusammen, bevor ich in Careys fröhliches Gesicht blicke.

»Was machst du denn hier?«, frage ich erstaunt.

Er zuckt mit den Schultern. »Es hat sich gestern so angehört, als bräuchtest du ein wenig Support. Sorry, dass wir so spät sind.«

»Wir?«, frage ich.

»Hunter ist natürlich auch gekommen«, sagt er und zeigt auf ihn.

Sie beide sehen so gut in ihren Anzügen aus. Man erkennt die Jungs in Jeans und Sneakers kaum.

Ich lehne mich in Careys Umarmung. »Danke«, sage ich und meine Augen schimmern feucht.

Er grinst. »Du bist Familie.«

In dem Moment beginnen die Tränen runterzulaufen. Familie. Wie lange habe ich diese Worte nicht mehr gehört?

Ich stelle sie meinen Kollegen vor. Hunter und Shane scheinen sofort zu klicken. Carey ist fasziniert von Jeans Fightergeschichten. Ich bin immer noch traurig, dass Carter nicht hier ist, aber Carey und Hunter sind ein sehr guter Ersatz, auch wenn ich nicht wirklich Zeit mit ihnen verbringe, tut es mir gut, dass ich ihren Support habe.

Ich spüre den ganzen Abend Hunters Blick auf mir, auch wenn er nicht einmal versucht, mich alleine zu erwischen.

Ich sitze auf einer Bank am Spielfeld. Hunter bestreitet sein erstes Spiel. Eigentlich wollte Carter kommen, aber er musste mal wieder nach New York, daher hat er mich geschickt. Ich wäre auch so gekommen, weil ich weiß, dass dieses Spiel für Hunter wichtig ist.

In einer neuen Mannschaft in wichtiger Position in seinem letzten Schuljahr. Vielleicht bekommt er ein Stipendium, um Football am College zu spielen. Auch wenn er sich gewiss keine Gedanken machen muss, wie er das College finanziert.

Carey spielt nicht. Er ist auch in diesem Team der zweite Quarterback und so lange Devon spielt, sitzt er auf der Bank. Aber er bringt sich für nächstes Jahr in eine sehr gute Ausgangsposition.

Ich interessiere mich nicht so sehr für Sport, aber Hunter ist mir wichtig, auch wenn die Dinge zwischen uns momentan nicht einfach sind. Ich gehe ihm aus dem Weg, während er versucht, mehr Zeit mit mir zu verbringen. Ich sehe immer die Kränkung auf seinem Gesicht, wenn ich ihm offensichtlich ausweiche. Aber ich weiß nicht, wie ich mit der Situation umgehen soll. In seinen Augen sehe ich so viel mehr als nur einen Überschuss an Hormonen. Ich will ihn nicht verletzen, aber tue es trotzdem immer und immer wieder.

Ich beobachte ihn, sehe die Pässe, die er fängt, sehe, dass er ein gutes, ein sehr gutes Spiel macht. Ich spüre, dass ich stolz auf ihn bin. Auch wenn ich es vor ein paar Monaten noch nicht für möglich gehalten habe, aber er ist ein guter Junge, der es verdient hat, alles zu erreichen, was er sich wünscht.

Als das Spiel beendet ist, laufe ich zum Ausgang, wo Carey auf mich wartet.

»Hast du gesehen, wie gut er war?«, fragt er lachend.

»Aber das war ja keine Frage, oder? Wir reden hier immerhin von Hunter«, sage ich halb neckend, halb ernst.

»Du findest, dass ich gut bin?«, ertönt da Hunters Stimme hinter mir und es ist nicht zu überhören, dass er sich darüber freut.

Ich drehe mich langsam um. »Du weißt selbst, dass du gut spielst.«

Er nickt langsam, während er die Augen zusammenkneift. Er wirft Carey seine Autoschlüssel zu, der schon mal Richtung Auto geht.

Ich will zu meinem Auto gehen, aber er fasst nach meiner Hand und zieht mich um eine Ecke. »Mac ...«

»Bitte nicht«, sage ich.

»Ich kann nicht anders. Es zerreißt mir das Herz, wenn du nicht mit mir redest, mich nicht ansiehst.«

Ich löse meine Hand, knete meine Finger. »Und mich zerreißt es vor Schuldgefühlen!«

Er schüttelt verwirrt den Kopf. »Wieso?«

»Wegen Carter und wegen dir.«

»Wegen mir?«

»Weil du siebzehn bist. Ich komme mir so schäbig vor«, sage ich und muss mich zusammenreißen, damit ich nicht anfange zu heulen.

»Mac ... komm schon! Ich hab es initiiert«, sagt er und fährt sich über die kurzen Haare. »Du hast nichts gemacht.«

»Aber du bist noch ein Kind ...« Als die Worte meinen Mund verlassen, will ich mich an meiner Zunge verschlucken. Wie kann ich Hunter dasselbe antun, was Carter mir angetan hat? Wie kann ich ihm sagen, dass seine Gefühle und seine Handlungen nicht zählen, weil er zu jung ist? Wie kann ich ihn so wenig respektieren?

»Okay«, sagt er leise. »Verstehe. So siehst du mich also.«

Ich will ihn aufhalten, aber er dreht sich um und läuft zu seinem Wagen. Wie kann ich nur so mies sein? Mir wird schlecht und ich muss mich an der Wand festhalten, damit ich nicht vornüber kippe. Gott, bin ich blöd.

Ich fahre zum Wutberg und setze mich in den Staub. Ich starre auf den Ozean, spüre die Sonne auf mir und werde langsam wieder ruhiger. Ich muss mich bei ihm entschuldigen.

Ich versuche in den nächsten Tagen ständig, mit ihm zu reden, aber er blockt mich ab.

Weihnachten kommt und wir alle machen gute Miene zum bösen Spiel bis auf Carey, der sich freut, mal wieder ein nettes Familienfest zu haben.

Zwischen Carter und mir steht auch nicht alles zum Besten. Wir haben nicht darüber gesprochen, was passiert ist, es einfach überspielt und weitergemacht. Meine Schuldgefühle ihm gegenüber nehmen zu. Ich kann ihm kaum in die Augen sehen.

An dem Abend kommt Carter ins Schlafzimmer, als ich mich gerade ins Bett lege. Er geht ins Bad, um sich die Zähne zu putzen.

»Sweetie, was ist los?«, fragt er, als er beginnt, sich auszuziehen. Er ist schlank, hat lange, athletische Muskeln. Sein Hintern ist knackig. Sein Oberkörper ist fast haarlos, nur ein Streifen Haare wandert von seinem Bauchnabel nach unten wie ein Wegweiser zu seinem besten Stück. Sein Gesicht ist markant, seine blauen Augen sind kühler als Careys, der immer ein Glitzern in den Augen hat. Seine blonden Haare sind akkurat geschnitten und ordentlich frisiert. Er sieht gut aus, sehr gut.

Ich schaue zu, wie er seine Hose auszieht und nur in Boxer Briefs vor mir steht. Heiß. Anders kann man es gar nicht sagen.

»Mackenzie, irgendwas stimmt nicht mit dir. Irgendwas stimmt nicht mit uns. Ich liebe dich. Ich will dich nicht verlieren. Ich weiß, dass ich ein Workaholic bin. Ich weiß, dass ich dir viel abverlange, weil ich dich ständig mit den Jungs alleine lasse, aber ich dachte, euer Verhältnis hat sich gebessert und es macht dir nichts aus. Aber wenn du das so nicht willst, dann finde ich eine andere Lösung.«

Er setzt sich zu mir auf die Bettkante und greift nach meiner Hand. Er streichelt sanft den Handrücken.

»Ich hab jemand anderen geküsst«, platze ich heraus und er zieht die Stirn kraus.

»Wie bitte?«

»Es tut mir so leid. Ich weiß nicht wieso. Ich ...«

Er zieht seine Hand weg und ich knie mich hin, versuche ihm näher zu sein. »Du hast jemand anderen geküsst?«

»Es tut mir so leid, Carter. Ich liebe dich. Ich bin glücklich mit dir.«

Er zieht sich weiter von mir zurück. »Wenn du glücklich mit mir wärst, müsstest du keine anderen küssen.«

»Es war nur ein einziges Mal und ich habe den Kuss sofort unterbrochen, als ich realisierte, was ich tue.«

Er ist ruhig, aber jeder Muskel in seinem Körper ist angespannt. »Hast du mit einem anderen Mann geschlafen?«

»Nein, Carter, nein. Es war nur dieser eine Kuss. Ich schwöre.«

»Wenn es nur ein Kuss war, wieso bist du seit Wochen so kalt zu mir?«

Meine Augen werden feucht. »Weil ... weil ich mich so schäme.«

»Wegen einem Kuss?«, fragt er ungläubig.

Ich nicke. »Ich hab dich betrogen. Ich habe dich betrogen, obwohl ich dich liebe. Es ist egal, ob es ein Kuss war oder was anderes, Betrug ist Betrug.«

Er fährt sich über das Gesicht. »Einen Kuss kann ich verzeihen.«

In mir blüht Hoffnung auf. »Wirklich?«

»Ja, wenn es nur ein Kuss war, der nichts bedeutet hat, verzeihe ich dir.«

Ich werfe mich um seinen Hals, küsse ihn, murmel immer wieder ›danke‹. Seine Arme schlingen sich um mich und er streichelt meinen Rücken.

»Alles okay, Sweetie. Ich verzeihe dir«, sagt er und küsst meinen Hals.

Ich stöhne leise und küsse mich seinen Oberkörper hinab. Ich knie mich vor ihm auf den Boden. Seine Augen werden feurig, als ich meine Finger in seine Briefs hake und sie runterziehe. Sein Penis ist halbsteif, als ich ihn umfasse. Ich reibe hoch und runter, bis er vor mir aufragt.

»Nimm ihn in den Mund«, sagt er leise.

Ich umfasse seine Wurzel mit einer Hand, massiere ihn in zirkulären Bewegungen und lecke an seiner Eichel. Er stöhnt leise und öffnet den geflochtenen Zopf, den ich zum Schlafen trage. Seine Finger vergraben sich in meinen Haaren. Seine Augen sind auf Halbmast und vor Lust verhangen.

Meine freie Hand streichelt seinen Hoden, umfasst ihn zärtlich.

»In den Mund, Sweetie, komm schon«, murmelt er, als ich ihn nur necke.

Ich öffne den Mund, stülpe meine Lippen über meine Zähne und nehme ihn auf. Ein leises Knurren ist genug Aufforderung für mich, um an ihm zu saugen. Meine Lippen bewegen sich hoch und runter, meine Zunge leckt an der Unterseite seines samtigen Schafts, folgt den Adern, die sich abzeichnen.

Sein Griff um meinen Kopf wird fester und ich habe nicht mehr viel Bewegungsfreiheit, um meinen Kopf zu bewegen. Sein Becken drückt sich gegen mich und ich nehme mehr von ihm in den Mund. Er beginnt sanft zu stoßen, als würde er fragen, ob das okay ist. Ich nicke und er bewegt sich schneller.

»Fuck, Sweetie, das ist gut!«, grollt er.

Seine Eichel stößt gegen den Rand meiner Mundhöhle und es wird unangenehm. Tränen steigen mir in die Augen. Erinnerungen an meinen Vater fluten durch meinen Kopf und ich kämpfe gegen die Gedanken an, die in einer konsensualen Beziehung zwischen Erwachsenen keinen Platz haben.

»Ich bin gleich soweit«, raspelt er und stößt fester in meinen Mund.

Ich nicke, ein paar Momente kann ich es noch aushalten. Ich versuche zu relaxen, es für ihn so gut wie möglich zu machen. Es ist auch nicht physisch unangenehm, auch wenn er immer wieder an meinen Rachen stößt, eigentlich ist das anturnend. Nur die Erinnerungen, die es triggert, sind unangenehm und ich wünschte, ich könnte sie irgendwo in den Tiefen meiner Seele in eine Schublade stecken, sie abschließen und den Schlüssel irgendwo verlieren.

Er stöhnt, als sich seine Finger in meinen Kopf drücken und sich alle Muskeln in seinem Körper anspannen. Mit einem Knurren kommt er und ich schmecke sein Sperma.

Ich keuche, als er sich von mir löst. Er zieht mich hoch, bis ich auf seinem Schoß sitze. Seine Hände umfassen zärtlich mein Gesicht und er gibt mir einen leidenschaftlichen Kuss.

»Wow, Sweetie ... das war ... wow«, lächelt er mich an.

Ich nicke und lehne mich gegen ihn, brauche einen Moment, um wieder zu mir selbst zu finden. Zu Atem zu kommen, aber vor allem, meinen Kopf frei zu bekommen von all den lähmenden Gedanken, die an die Oberfläche drängen. Ich habe Carter schon so oft im Mund gehabt, nie gab es ein Problem, wieso kommen jetzt solche Gedanken?

Er bettet mich sanft aufs Bett, reibt meine Klit und dringt dann sanft in mich ein. Wir schlafen liebevoll miteinander und zum ersten Mal in den letzten paar Wochen spüre ich wieder die Verbindung, die Carter und ich haben. Mit einem Lächeln auf den Lippen schlafe ich später in seinen Armen ein.

# 15

# HUNTER

Die Schule hier ist genauso leicht wie in Miami. Ich bestehe meinen SAT mit fliegenden Fahnen und kann mir – theoretisch – jede Uni aussuchen. Aber was will ich?

Ich bin neben Devon der Star des Footballteams. Ich bin der King der Highschool. Jedes Mädchen würde die Beine für mich breit machen. Aber was will ich?

»Hey, Fisher gibt heute eine Party.« Devon haut mir auf den Rücken, als er sich neben mich setzt.

»Ich weiß.«

»Gehst du hin?«

»Ich denke nicht.«

»Komm schon. Wir gehen auch.«

Ich ziehe die Stirn in Falten. »Ihr geht? Wieso das denn?«

Er zuckt mit den Schultern. »Keine Ahnung. Ava hat Lust.«

Die beiden waren schon mega lange nicht mehr auf irgendeiner Party. Aber wozu auch? Wir anderen gehen, um zu ficken. Aber sie haben sich ja schon gefunden. Und ich hab auch schon ewig keine Action mehr gesehen. Irgendwie fühlt es sich nicht richtig an.

»Was führt sie im Schilde?«, frage ich zurück.

Er lacht. »Du kennst sie schon gut genug, um das zu fragen.«

Ich schaue über den Schulhof. Überall Geplapper und Gelächter. Ich weiß nicht, wann mir klar wurde, dass ich das ätzend finde, aber ich tu's. Ich mein, nicht Reden und Lachen an sich, aber dieses aufgesetzte, unbeschwerte, nur am eigenen Spaß orientierte Verhalten, was die Affen hier an den Tag legen. Das reicht mir nicht. Nicht mehr. Ich schätze, dass sich seit dem letzten Sommer so einiges verändert hat. In mir. Auch, wenn ich befürchte, dass mir eine Pussy wächst, wenn ich so einen Scheiß laber.

»Hmmh«, mache ich nur als Antwort.

Eigentlich geht es mir am Arsch vorbei, ob Ava was ausheckt, so lange es nichts mit mir zu tun hat.

»Der King der Partys hat keinen Bock?«, fragt Devon ungläubig.

Ich zucke mit den Schultern. »Alles immer nur der gleiche Scheiß.«

»Aber du hast immer drauf gestanden ...«

Und auch darauf habe ich nur ein Achselzucken. Ich weiß, dass ich das hab. Aber in letzter Zeit habe ich das Bedürfnis nach ... hmmh ... mehr.

Ich will eine Bedeutung. Mein Leben soll eine Bedeutung haben. Keine Ahnung. Vielleicht bin ich auch nur deprimiert, weil ich keinen Sex hab. Kann sein. Aber irgendwie fühlt sich auch bedeutungsloses Ficken nicht mehr gut an. Keine Ahnung.

»Komm mit. Du bist wie so ein orientierungsloses Walross.«

Das entlockt mir doch ein Grinsen. »Ein orientierungsloses Walross? Wie soll das denn aussehen?«

Er lacht. »Na, wie du.«

Ich nicke. »Okay, ich komm. Aber wenn es lahm ist, dann hau ich ab.«

»Fair genug«, meint er und hält mir die Faust hin. Ich haue meine dagegen und frage mich dabei, warum ich mir so einen Scheiß antue.

Abends stellt sich heraus, die Party ist gar nicht so schlimm, wie ich es mir vorgestellt habe. Sie ist schlimmer. Alle sind besoffen oder bekifft. Ich laufe zum Klo und komme an drei Zimmern vorbei, bei denen die Türen offen sind und ich fickende Menschen sehen kann. Selbst die beiden Weiber, die vor drei Jungs rummachen, können mich nicht zum Verweilen einladen. Fuck, was mache ich hier eigentlich?

Und viel wichtiger ist: Wieso gefällt mir der Scheiß nicht mehr?

Knutschende Weiber ... Das sollte doch wie Zündstoff für meinen Schwanz sein, aber als ich ihn beim Pissen in der Hand halte, ist da nichts.

Abgefuckt.

Ich gehe zurück ins Wohnzimmer, sehe, dass Carey mit seiner Katie Spaß hat, und sage mir, dass ich da einfach durch muss. Er wird erst nächsten Monat sechzehn. Er kommt nicht nach Hause, wenn ich ihn hier lasse. Aber vielleicht ist er auch wie so'n beschissener Labrador, der immer nach Hause findet. Wer weiß.

Fuck, was für Gedanken. Erschieß mich.

Achtzehn. Volljährig. Erwachsen. Diese Worte fliegen durch meinen Kopf, als ich aufwache. In ein paar Wochen bin ich mit der Schule fertig und dann? Was mache ich dann? Ich kann mich immer noch nicht mit dem Gedanken anfreunden, zum College zu gehen, auch wenn ich jede Menge Zusagen bekommen habe, auch für Stipendien, um Football zu spielen. Aber ...

Ich treffe mich gleich mit Shane, Macs Boss. Seit dem Abend der Spendengala besuche ich ihn manchmal, wenn ich weiß, dass Mac nicht da ist. Dass sie mir gesagt hat, dass ich ein Kind sei, dass ich mir meiner Gefühle nicht sicher sein könne, weil ich keine achtzehn bin, hat mich tief getroffen. Seitdem habe ich nur das Nötigste mit ihr gesprochen, aber ich vermisse sie.

Ich vermisse, dass sie mich anschaut, mit mir scherzt, mit mir redet. Ich vermisse zu wissen, dass es eine Person gibt, die sich um mich sorgt, die hinter mir steht, mich unterstützt. Für ein paar Wochen habe ich gedacht, dass ich fast alles hatte. Gut, nicht Mac in meinen Armen, aber zumindest sie als wunderbare Frau in meinem Leben.

Ich schleiche mich aus dem Haus und fahre zu Shane. Wir haben oft über seine Zeit beim Militär geredet und mit jedem Wort spüre ich diesen Sog. Ich weiß, dass es für ihn anders war, weil Amerika nicht in zwei Kriegen war, als er sich meldete. Anders als heute. Der elfte September ist dreieinhalb Jahre her und hat unsere ganze Welt auf den Kopf gestellt. Wer sich heute freiwillig meldet, zieht in den Krieg. Und trotzdem ist es auch eine echte Motivation, weil wir das Wissen haben, unsere Ideale zu verteidigen, unseren Lieben zu Hause ein sicheres Leben zu ermöglichen.

Und doch ... Krieg. Das ist nicht so, wie *Counterstrike* zu spielen. Daher führen mein Kopf und mein Herz momentan erbitterten Krieg. Mein Herz fühlt, dass ich diesen Weg einschlagen muss. Mein Kopf zeigt mir endlose Bilder von abgetrennten Gliedmaßen, Schusswunden und Schlachtfeldern.

»Hey, Hunter!«, ruft Shane, als ich reinkomme. Es gibt draußen ein Keypad, damit niemand Unbefugtes reinkommen kann. Er hat mir vor ein paar Wochen den Code gegeben, sodass ich nicht warten muss, bis mir jemand die Tür öffnet.

»Hey, Mann«, sage ich und greife nach seiner ausgestreckten Hand.

Er grinst. »Happy birthday! Wie fühlt man sich so erwachsen?«

Ich zucke mit den Schultern. »Nicht anders als zuvor. Es ist mir schleierhaft, warum man von einem auf den anderen Tag plötzlich ganz anders wahrgenommen wird, obwohl doch nur ein paar Stunden dazwischen liegen.«

Er nickt. »Ich habe dich, seit ich dich kenne, für voll genommen.«

»Ich weiß.«

»Was ist los?«, fragt er und geht voran zu seinem Büro.

Ich folge und reibe mir den Nacken. »Ich weiß nicht, Mann. Es fühlt sich so an, als gehöre ich nicht mehr hierher.«

Shane setzt sich und deutet auf den anderen Stuhl. »Du bist erwachsen geworden. Nicht über Nacht, aber in den letzten Monaten. Du hast mir selbst erzählt, dass du letzten Sommer noch ein ganz anderer Mensch warst. Deine Sicht auf die Welt hat sich grundlegend geändert. Du bist ein Mann und doch noch in einer Situation, in der du wie ein kleiner Junge behandelt wirst.«

»Ich wünschte, die Schule wäre vorbei«, murmel ich.

»Das wird sie. Mach keinen Fehler jetzt. Es sind nur noch ein paar Monate, dann bist du nicht mehr fremdbestimmt. Aber zieh es durch. Das ist auch eine erwachsene Eigenschaft. Dinge zu Ende zu bringen, auch wenn man aufgeben will.«

»Keine Sorge. Ich werde die Highschool beenden. Es wäre albern, so kurz vor Schluss das Handtuch zu werfen und zwölf Jahre in die Tonne zu kloppen.«

Er grinst. »Ich bin froh, dass du so viel schlauer bist als ich.«

»Da würde ich nicht von ausgehen«, scherze ich.

Shane wird wieder ernst. »Ich will nicht herablassend klingen, Hunt. Aber ich bin stolz auf dich. Ich weiß, du wirst deinen Weg finden. Du bist ein guter Mann.«

»Danke«, sage ich leise. Shane ist niemand, der freigiebig mit seinen Komplimenten ist, daher zählen sie umso mehr.

»Wie geht es Mac?«, frage ich ihn. Ich hab mich ihm anvertraut, ihm von meinen Gefühlen erzählt, auch wenn es mir schwer gefallen ist. Aber mein Vertrauen, das ich in ihn gesetzt habe, wurde nicht enttäuscht. Im Gegenteil. Dieses eine Gespräch hat zu vielen weiteren geführt, die viel in mir bewegt haben.

»Hmmh. Sie ist gut darin, Dinge zu verschließen«, antwortet er. »Aber ich weiß, dass sie die Situation mit dir belastet.«

»Mich auch.«

»Ich würde dir gern Hoffnungen machen ...«

Ich schüttel den Kopf. »Ich weiß, dass es da keine gibt.«

Er nickt langsam und schaut mich mitfühlend an. »Vielleicht sagt man in solchen Fällen, du bist jung, es gibt noch jede Menge Frauen für dich ...«

»Nicht.«

»Aber ich will deine Gefühle nicht herabsetzen. Manchmal findet man auch mit siebzehn schon seine große Liebe. Es tut mir leid.«

»Hört es irgendwann auf?«

»Keine Ahnung.«

Shane klopft mir auf die Schulter. »Lass uns eine Runde in den Ring gehen.«

Ich stehe auf und folge ihm. Er hat mir in den letzten paar Monaten Stunden gegeben. Sie haben mir geholfen, mich abzureagieren, mich aber auch zu fokussieren. Es hilft. Wenn ich mit ihm im Ring stehe, fühle ich mich frei.

Leider dauert es nicht lange an ... Wenn ich nach Hause komme, sie sehe, schlimmer noch, meinen Dad sehe, wie er sie umarmt, sie küsst, sie streichelt oder noch schlimmer, ihr Stöhnen aus dem gemeinsamen Schlafzimmer höre, dann könnte ich sofort wieder ins Fitnessstudio fahren.

Gott sei Dank ist Dad nicht so häufig zu Hause ... Und es tut mir leid, das zu sagen ...

Auf dem Weg nach Hause fahre ich an einem Coffeeshop vorbei. Ich bestelle was zu trinken und sehe beim rausgehen Brittany, Macs beste Freundin, an einem Tisch sitzen. Sie winkt mir und ich gehe zu ihr. Sie ist nett, aber sie flirtet ständig mit mir. Ich hab nichts dagegen, wenn Frauen Mitte zwanzig auf mich stehen, aber ich wäre froh, wenn es Mac wäre.

»Hey, Hunter«, säuselt sie.

»Hi, Brittany.«

»Du weißt doch, dass du mich Brit nennen sollst«, sagt sie und klimpert mit den Wimpern.

Ich nicke.

»Was machst du so?«, fragt sie.

»Schule und so«, antworte ich.

»Bald bist du fertig«, stellt sie fest. »Weißt du schon, was du dann machen willst?«

Ich zucke mit den Schultern. »College, denke ich.«

Sie nickt. »Schon so erwachsen.«

Ich weiß nicht, wie sie das meint. »Seit heute offiziell.«

Ihre Augen leuchten auf. »Heute ist dein Geburtstag? Herzlichen Glückwunsch!«

»Danke«, antworte ich.

Sie rutscht ein wenig näher an mich heran, legt mir die Hand auf den Oberschenkel. »Hätte ich das gewusst, hätte ich dir ein Geschenk gekauft.«

Ich schaue auf ihre Hand, die sich nach oben schiebt, bis sie meinen Schwanz durch meine Jeans greift. Sie reibt langsam. Ich kann nichts dagegen tun. Ich werde hart, auch wenn ich sie nicht will.

»Aber vielleicht kann ich dir ja ein anderes Geschenk geben«, flüstert sie mir ins Ohr.

»Brittany ...«

»Lass uns zu mir gehen.«

Ich versuche, gegen die Erregung anzukämpfen, die meinen Schwanz bei diesem Angebot durchzuckt. Wie soll man solche Vorschläge auch ablehnen? Es ist ja nicht so, als hätte ich jemals Chancen bei meiner Herzdame. Und ich werde immer abstreiten, dass ich so einen Satz gesagt habe, also versucht es gar nicht erst. Ich weiß, ich steh auf Mac. Gott, wenn ich es nicht wüsste, wer dann? Aber hier sitzt eine schöne Frau, die ein paar Jahre älter ist, und bietet mir Sex an. Welcher Mann in seiner sexuellen Hochzeit ohne Bindung würde dazu nein sagen? Fuck, ich wäre der King, weil ich es mit 'ner Älteren getrieben habe.

Ich nicke und wir gehen raus. Ich bringe sie zu meinem Wagen und fahre los. Sie macht meinen Reißverschluss auf und umfasst meinen Schwanz mit der Hand. Ich lenke das Auto beinahe gegen einen Laternenpfahl.

»Keine gute Idee, Brittany«, sage ich und ziehe ihre Finger raus.

Sie lacht leise und streichelt ihre Titten. Sie stöhnt und ich kann ihre Nippel sehen, wie sie sich durch das Oberteil drücken. Macs Titten waren so geil. Meine Hände prickeln immer noch. Brittanys sind kleiner, nicht hässlich, aber nicht so spektakulär.

Ich fahre beinahe auf die Gegenfahrbahn und reiße das Steuer noch rechtzeitig rum, als drei Autos beginnen zu hupen.

»Brittany«, zische ich, aber sie grinst nur.

Als wir endlich bei ihr ankommen, bin ich heilfroh. Ich schließe meine Hose und folge ihr ins Haus. In ihrer Wohnung bietet sie mir was zu trinken an, aber ich lehne ab.

»Also ...«, sagt sie.

»Also ...?«, frage ich.

»Ich werde deinen Schwanz blasen.«

Ich schlucke, während sie vor mir auf die Knie sinkt. Ihr Mund nähert sich meinem Schritt und sie leckt über den Jeansstoff, der meinen Ständer bedeckt. Ich balle meine Hände zu Fäusten und versuche zu verhindern, dass ich sofort in meine Hose komme.

Ich hatte das ja schon erklärt, Männer können mit der einen Frau ficken und die andere lieben, auch wenn es die beste Freundin der Frau ist, die sie lieben. Kein Problem.

Sie reibt den Hügel in meiner Jeans und schaut dabei mit leicht geöffneten, feuchten Lippen zu mir auf. Ihre Augenlider sind ein wenig geschlossen und sie schaut durch ihre Wimpern hindurch. *Fuck me!* Der Anblick ist so scheiße heiß, dass ich ihr meinen Schwanz sofort tief in den Hals rammen will.

Ich atme schwer, während sie die Konturen langfährt, mich anheizt. Ich fühle die ersten Tropfen aus mir quellen und knurre leise.

»Hmmh, Honey, du willst es, was? Dein Schwanz ist so dermaßen hart, du platzt gleich, oder?«, schnurrt sie.

Ich weiß nicht, wie es euch geht, aber bei den meisten Weibern hört sich Dirty Talk scheiße an. Sie können es einfach nicht wirklich. *Yeah, yeah, du machst es mir so gut. Oh, ja, dein Schwanz ist so groß. Wie soll er nur in mich passen? O Gott, ja, komm auf meine Titten* ... Okay, der letzte ist vielleicht ganz gut. Aber wirklich. Das einzige, was ich brauche, ist ein *Fick mich*, das in Macs Stimme über Macs volle, rosige Lippen kommt.

Und beim Gedanken an Mac wird mir klar, dass ich nicht mit Brittany ins Bett kann. Hatte ich gesagt, ein Mann kann mit der besten Freundin seiner Liebsten schlafen? Vielleicht, aber ich kann es nicht. Ich will nicht so ein Mann sein. Ich will ein Mann sein, der mit seinem Mädchen ins Bett geht und nur mit diesem. Auch, wenn es bedeutet, dass ich jetzt lange keinen Sex mehr haben werde, aber alle anderen kommen mir so ... unappetitlich vor.

Ich will Macs Lippen auf meinen. Macs Zunge auf meiner Haut. Macs Hände um meinen Hals. Macs Pussy um meinen Schwanz. Macs Stöhnen in meinen Ohren. Macs Augen auf meinen. Macs Nase gegen meine. Macs Beine um meine Hüften gewickelt.

»Tut mir leid. Ich kann nicht«, sage ich und gehe einen Schritt zurück.

»Doch, natürlich kannst du. Dein Schwanz ist steinhart«, gurrt sie und rutscht auf ihren Knien über den Boden.

»Ich kann nicht mit dir schlafen.«

»Doch, Honey. Lass mich deinen Schwanz lutschen. Ich mach es dir so gut.« Sie fingert an meinen Knöpfen rum.

»Lass das. Ich muss gehen.«

Ich drehe mich um und sie steht schnell auf, kommt mir hinterher. »Komm schon, Hunter. Du bist sexy. Ich turn dich an. Du bist endlich erwachsen ...«

»Und das bedeutet, dass ich erwachsene Entscheidungen treffen muss«, sage ich.

Sie fasst nach meinem Arm. »Fick mich.« Aber die Stimme ist vollkommen falsch.

»Tut mir leid«, sage ich und öffne die Tür.

»Du Wichser! Du kannst mich nicht erst aufgeilen und dann gehen!«, ruft sie mir aufgebracht hinterher.

Ich drehe mich zu ihr um. »Ist dir klar, dass du gerade genau das Argument benutzt hast, das Vergewaltiger benutzen? Und das obwohl deine beste Freundin ihr Leben damit verbringt, Opfern von Vergewaltigungen zu helfen?«

Sie erbleicht ein wenig, sagt aber: »Du spielst nicht fair. Ich will dich. Ich will, dass du mir den Schwanz reinsteckst und mich mit der ganzen Ausdauer, die ein Junge hat, fickst.«

Ich ziehe die Augenbraue hoch. »Scheint, als würdest du nur einen Begatter suchen. Schlag doch im Telefonbuch nach.«

»Du verfickter Arsch! Niemand sagt nein zu mir!«

»Scheint, als hätte es gerade die erste Person getan.« Ich drehe mich um und laufe die Treppen hinunter. Acht Stockwerke, aber ich habe keinen Bock, auf den Aufzug zu warten.

Als ich wieder in meinem Auto sitze, atme ich tief durch. Wie kann Mac mit so einer Irren befreundet sein?

Und habe ich tatsächlich gerade geschworen, dass ich nie wieder eine andere vögel als Mac? *Fuck me!* Ich bin in der Hölle ... Und doch fühlt es sich richtig an.

Als ich durch die Haustür trete, kommt mir Carey entgegen.

»Hunter, Mann! Wo warst du? Wir wollten dir gratulieren!« Er umarmt mich ein wenig unsicher, aber ich tue es ihm gleich. Mein kleiner Bruder, der gar nicht mehr so klein ist.

»Alles Gute, Mann. Komm mit in die Küche. Du wirst staunen!«

Ich folge ihm und sehe dort Dad und Mac stehen. Dad umarmt mich ebenfalls, gratuliert mir. Ich richte meinen Blick auf Mac, die mich schüchtern anlächelt. Ich hab seit Monaten kaum ein Wort mit ihr gewechselt. Sie flüstert ihre Glückwünsche und ich nicke.

Dann fällt mein Blick auf die Kücheninsel. Darauf steht eine Torte in Form eines BMW M3 mit achtzehn Kerzen.

»Es wäre nicht nötig gewesen, mir eine Torte zu kaufen«, sage ich ein wenig verlegen.

Carey lacht und haut mir die Hand auf die Schulter. Der Junge hat mittlerweile solche Kräfte, dass es schon ein wenig wehtut. »Von wegen gekauft, Alter. Mac hat sie gebacken.«

Mac hat sie gebacken? Langsam sickern die Worte in meinen Kopf. Mac hat mir eine Torte zum achtzehnten Geburtstag gebacken. Mir hat noch nie jemand eine Torte gebacken. Schon gar nicht so eine Tolle.

Es ist schwer, die ganzen Emotionen, die aufwallen, zu kontrollieren. Ich schaue zu ihr und sehe, dass sie sich nervös auf der Lippe rumkaut. Das ist die Frau, die ich liebe, wird mir klar. Und seit drei verdammten Monaten gehe ich ihr aus dem Weg und lasse sie nicht mal ihren Fehler wieder gutmachen.

Ich gehe die drei Schritte auf sie zu und schließe sie in die Arme. Sie ist überrascht, versteift sich, bevor sie meine Umarmung erwidert. Sie ist eigentlich ein großes Mädchen, aber ich bin riesig, und neben mir wirkt sie wie ein Zwerg.

»Danke, Baby«, flüstere ich so leise in ihr Ohr, dass nur sie es hören kann.

Sie nickt und küsst mich auf die Wange. »Happy birthday.«

Ich trete einen Schritt zurück, schaue auf die Torte und grinse breit. »Mir hat noch nie jemand eine Torte gebacken.«

Dad lacht. »Das ist wahr. Lass sie uns probieren.«

Ich nicke und Mac reicht mir das Messer. Ich bin mir nicht sicher, wie ich sie anschneiden soll, und mach es einfach irgendwie, wobei ich viel zu große Stücke abschneide. Mac schaut mich an, als wäre ich irre, als ich ihr den Teller reiche, aber Dad und Carey sind mit ihren Portionen mehr als zufrieden. Innen drin befindet sich Red Velvet Cake mit Frischkäse-Icing. Ich weiß nicht, woher Mac weiß, dass das mein Lieblingskuchen ist, aber es wundert mich nicht.

»Lecker«, sage ich mit vollem Mund und sie lächelt glücklich. Und ich will sie nie wieder traurig sehen. Lieber bin ich mein Leben lang unglücklich, als ihre Augen noch einmal voller Tränen zu sehen.

In diesem einen Moment verstehe ich das Sein der Liebe.

Am Abend lockt mich Carey zu Devon, wo eine fette Party auf mich wartet. Ich hatte nicht damit gerechnet. Eigentlich hatte ich gesagt, dass ich nicht feiern will, aber als alle meine Freunde ›Überraschung‹ rufen, bin ich doch froh, dass sie sich einfach über meine Wünsche hinweggesetzt haben.

Ich schiebe den Trübsinn zur Seite, trinke mein Gewicht in Bier. Wir fahren mit dem Taxi nach Hause und ich schlafe auf der Treppe ein. Irgendwann zieht jemand an meinem Arm, versucht, mich zum Aufstehen zu bringen.

»Lass mich«, murmel ich.

»Komm schon, Hunter. Im Bett ist es viel bequemer«, antwortet Mac.

Hmmh, mit Mac im Bett ... Ich stehe langsam auf, schlinge meinen Arm um ihre Schultern. »Mit dir gehe ich immer ins Bett«, sage ich, fast ohne zu lallen.

»Okay, Geburtstagskind, eine Stufe nach der anderen.«

Ich weiß nicht, wie sie es schafft, aber irgendwann liege ich tatsächlich in meinem Bett. Für die perfekte Fantasie fehlt aber sie ... Sie zieht mir die Schuhe aus. Ich zerre an meiner Kleidung, bis sie mir schließlich hilft, mich auszuziehen. Als ich in Boxershorts im Bett liege, ziehe ich die auch noch aus. Wenn ich nicht so besoffen wäre, hätte ich gemerkt, dass mein Schwanz steif ist, aber so murmel ich nur: »Danke, Liebste.« Ich spüre, dass sie die Decke über mich breitet, ihre Hand, die kurz über meinen Kopf fährt. Und dann ist sie weg und ich falle in einen tiefen, tiefen Schlaf.

# 16

# Mac

O mein Gott! *Hunters Penis ist riesig*, ist alles, was ich denken kann. Und dann will ich mir eine runterhauen, weil er doch Carters Sohn ist. Immer noch, auch wenn er jetzt achtzehn ist.

Ich habe noch nie so einen Großen gesehen und so hart. Was ich damals gefühlt habe, ließ schon viel vermuten, aber dass er so groß ist, hätte ich nicht gedacht. Er stand so stramm, dass die Spitze beinahe gegen seinen Bauch stieß, der übrigens auch nicht zu verachten war. Sein Hoden ... Ich schüttel den Kopf, um den Gedanken zu vertreiben. Ich kann so nicht über ihn denken! Meine Gedanken driften zu den Adern, die ihn überziehen. Nein, nein, nein! Denk an was Ekeliges. Kakerlaken. Kotze. Kinder ... Wie wohl Hunters Kinder ...? Nein! Wieso bin ich überhaupt auf Kinder gekommen? Nur, weil es in meine Alliteration gepasst hat?

Ich stehe in der Küche und drücke die kalte Wasserflasche gegen meine glühenden Wangen. Keine Quasi-Stiefmutter sollte den Penis ihres Quasi-Stiefsohns sehen. Wirklich nicht.

Ich trinke einen Schluck. An Schlaf ist nicht mehr zu denken, also nehme ich eine Decke und setze mich auf die Terrasse in den riesigen Schaukelstuhl. Ich lehne den Kopf seitlich an und starre in die Nacht.

Bald geht Hunter aufs College. Ich sollte ihn mal fragen, ob er sich schon entschieden hat, wo er hingehen will. Oder auch nicht. Wer weiß, ob er jemals wieder mit mir reden wird. Und wenn ja, will ich dann die Worte mit so einem Scheiß verbrauchen? Nein, als erstes würde ich mich für den Schwachsinn entschuldigen, den ich da verzapft habe.

Wie wird das Leben sein, wenn nur noch Carey hier wohnt? Wie wird es für ihn sein, wenn sein großer Bruder, die Konstante in seinem Leben, weg ist? Ob er dann überhaupt noch zu Hause ist oder nur noch bei Katie? Er ist so süß mit ihr. Ich mag sie.

Ob Hunter eine Freundin hat? Wo war er heute den ganzen Tag? Kommt es mir nur so vor, oder hat er mehr Muskeln? Liegt das am Footballtraining?

Darüber hinaus frage ich mich, was aus mir wird, wenn er weg ist. Carter und ich haben uns wieder zusammengerauft, aber ich weiß, dass mittlerweile ein wichtiger Grund, warum er mit mir zusammen ist, seine Kinder sind, weil sie mich mögen und weil ich auf sie aufpasse, wenn er weg ist. Obwohl man aufpassen ja weit fassen muss, denn sie sind schon stubenrein.

Hinzu kommt noch, dass ich diese paar Wochen vermisse, in denen Hunter und Carey anfingen, mich zu mögen, bevor Hunters Gefühle alles verkomplizierten. Es hat sich so nach Familie angefühlt. Und es ist komisch, dass ich mich den beiden Söhnen so eng verbunden fühle, Carter aber nicht. Ich liebe ihn, wirklich, von ganzem Herzen, aber es fühlt sich nicht an, als wären wir für immer zusammen. Mit Carey und Hunter fühlt es sich genauso an. Eigentlich merkwürdig. Da die drei Familie sind, sollte doch eigentlich klar sein, dass sie alle drei oder keiner von ihnen in meinem Leben bleiben wird.

Ich gähne, aber ich kann die Augen irgendwie noch nicht schließen.

Was soll ich mit meinem Leben anfangen? Ich liebe meinen Job, aber ich spüre, dass es mir nicht reicht. Ich will mehr tun. Ich helfe den Frauen, die zu uns kommen, aber das sind ja nur eine

Handvoll verglichen mit den Tausenden von Mädchen und Frauen, die Hilfe brauchen. Ich will mehr Menschen erreichen, will Dinge verändern, nicht nur die Symptome behandeln.

Das würde bedeuten, Shane, Jean, Sheila und all die anderen zu verlassen. Ich weiß, dass ich sie wiedersehen werde, wir werden Freunde bleiben, aber sie sind auch ein Stück Sicherheit. Wenn ich *Free at last* verlasse, dann ist das ein großer Schritt, weil ich mein Sicherheitsnetz und meinen doppelten Boden abmontiere. Ich weiß nicht, ob ich das kann, aber ich fühle, dass ich es muss. Dass ich keine andere Wahl habe, als einen Weg zu finden, mein Leben so zu leben, wie es mir bestimmt ist. Und das bedeutet, dass ich anderen helfen muss, ihren eigenen Pfad zu finden.

Ich befürchte, dass mich diese Entscheidung von Carter wegführen wird. Ich kann es nicht beschreiben, weiß auch nicht so genau warum, nur, dass es so ist. Wenn ich einen neuen Schritt wage, verliere ich mehr als nur einen Job. Kann ich das Risiko in Kauf nehmen?

Dann ist da noch Brittany. Sie ist meine beste Freundin und ich liebe sie heiß und innig. Sie ist verrückt, wenn ich besonnen bin, impulsiv, wenn ich einen Gang zurückschalte und sorgt immer dafür, dass die Sonne für mich scheint, auch wenn mein Gesicht wie drei Tage Regenwetter aussieht. Sie hat mir sehr geholfen, einen positiveren Blick aufs Leben zu gewinnen, auch wenn ich mich ihr nie anvertraut habe. Sie weiß nur, dass meine Kindheit nicht so der Bringer war, mehr nicht.

Aber ihre Besessenheit mit Hunter fängt an, mich zu stören. Wenn wir uns sehen, redet sie nur von ihm, wie gut er aussieht, wie wohl sein Penis schmeckt, wie seine Hände sich auf ihren Brüsten anfühlen. Es ist besorgniserregend. Vielleicht sollte ich es Carter sagen ... Ich will nicht, dass Hunter mit seiner jugendlichen Unbesonnenheit zu schaden kommt. Nicht, dass sie ihm Gewalt antun würde, aber er könnte sich in sie verlieben, während sie nur spielen will.

Ich will nicht, dass er verletzt wird. Dass ich ihn mit meiner Ablehnung verletze, trifft mich schon schlimm genug. Ich wünschte, man könnte alle Menschen glücklich machen ... Aber das wird wohl immer Utopie bleiben.

Carter weckt mich am nächsten Morgen auf. Verschlafen strecke ich mich und schaue mich verdutzt um. Ich bin auf der Terrasse eingeschlafen.

»Was machst du hier, Sweetie?«, fragt er.

»Hmmh ... Ich konnte nicht schlafen und hab mich ein bisschen nach draußen gesetzt. Scheinbar kamen die Träume dann doch.«

Er küsst mich auf die Stirn. »Sweetie ... Ich muss was mit dir besprechen.«

Ich setze mich aufrecht hin. »Okay.«

Er fährt sich durch die Haare. »New York läuft nicht, wie es sollte. Ich muss für ein paar Monate hin.«

»Ein paar Monate?«, quietsche ich entsetzt.

Er hat den Anstand, beschämt auszusehen. »Tut mir leid, Sweetie. Es geht nicht anders. Ich komm zwischendurch immer wieder her, aber ich muss da wirklich ranklotzen. Sonst ist alles, wofür ich so hart gearbeitet habe, umsonst gewesen.«

»Wie viel sind ein paar Monate?«

»Fünf.«

»Fünf?« Wenn ich gerade schon dachte, ich war quietschig, werde ich jetzt überzeugt, dass es noch besser geht.

»Vielleicht nur vier«, beeilt er sich zu sagen.

»Carter ...«

»Ich weiß, Sweetie. Es tut mir leid, aber ich kann es nicht ändern.«

»Soll ich mitkommen?«, frage ich ihn dann. Ich will nicht, aber ich will auch nicht fast ein halbes Jahr von meinem Freund getrennt sein und ihn nur zwischendurch sehen.

Er kratzt sich verlegen am Kinn. »Ich hätte dich gerne bei mir, aber ich brauche dich hier.«

»Okay.«

»Carey kann hier nicht ohne Aufsicht bleiben.«

Ich nicke langsam. »Okay.«

»Aber ihr könntet in den Sommerferien kommen«, meint er.

»Hast du Carey schon gefragt, ob er seine Sommerferien in New York verbringen möchte?«, gebe ich zu bedenken.

»Wahrscheinlich eher nicht. Tut mir leid, Sweetie.«

Ich überlege einen Moment, was ich sagen soll, bevor ich mich entschließe, einfach zu sagen, was mir in den Sinn kommt. »Ich passe gerne auf Carey auf, das ist keine Frage. Aber ... nun ja ... ich frage mich, was aus uns wird. Ich mein, sind wir noch wirklich ein Paar? Wir verbringen so wenig Zeit miteinander, fast gar keine. Wir haben keine gemeinsamen Interessen, du bist ständig arbeiten und unterwegs und in New York und wer weiß, wo noch überall. Und eine Beziehung braucht auch ein wenig Zeit und Hingabe.«

Er zieht die Augenbrauen zusammen. »Was soll das, Mackenzie?«

Ich schaue unsicher in seine Augen. »Liebst du mich noch, Carter?«

Seine Augen werden weich und er streichelt mir über die Wange. »Natürlich liebe ich dich, Sweetheart. Ich liebe dich wie verrückt.«

»Ja?«, frage ich zaghaft.

Er schlingt die Arme um mich. »Shit, Sweetie, wenn du an meinen Gefühlen zu dir zweifeln kannst, dann hab ich alles falsch gemacht.«

»Ich liebe dich«, flüstere ich gegen seinen Hals.

»Ich liebe dich, Mackenzie.«

»Was wird das hier? Gruppenkuscheln?«, kommt Careys belustigte Stimme aus Richtung Tür. »Nehmt euch doch ein Zimmer! Ich bin mir sicher, Kinder sollten ihren Dad nie beim Sex sehen.«

»Muss ich dich aufklären?«, fragt Carter scherzend. »Wenn du eine Umarmung für Sex hältst, ist viel schief gegangen.«

»Haha, sehr witzig, alter Mann«, neckt Carey ihn.

»Pass auf, du«, antwortet er grinsend, springt auf, greift nach Careys Arm und wirft ihn in den Pool.

Prustend taucht Carey auf. »Fuck, Dad! Das ist scheißkalt!«

Carter lacht und ich kann mir das Lächeln auch nicht verkneifen. »Das ist deine Strafe.«

»Wofür?«, fragt er, während er langsam die Leiter raufklettert.

»Dafür, dass du uns beim Sex gestört hast«, erwidert Carter.

»Ich dachte, dass war kein Sex«, grummelt Carey.

»Lass uns in Ruhe, Junge, bevor du Hausarrest bekommst«, grinst Carter.

Carey wirft ihm einen frechen Blick zu. »Willst du damit mich oder Mac bestrafen?«

»Lausebengel!«, ruft ihm Carter hinterher.

Er setzt sich hinter mich, zieht mich in seine Arme. »Sweetie, ich liebe dich. Ich würde auch lieber hier bei dir sein, aber es geht nicht. Ich wünschte, ich hätte diesen Deal gar nicht erst angenommen, aber ich hab's nun mal getan. Da muss ich nun durch. Und du auch. Ich komm so oft her, wie es geht, versprochen.«

Ich kuschel mich gegen seine Brust. »Ich vermisse dich.«

Er küsst mich auf den Kopf und lehnt seinen dann gegen meinen. »Ich dich auch. Erinnerst du dich, wie es am Anfang war? Keine Kinder, nicht so viele Dienstreisen und du die ganze Zeit verführerisch und nackt in meinem Bett.«

Ich grinse und ziehe seine Arme fester um mich. »Ich mochte den nackt in deinem Bett-Part am liebsten.«

»Ich auch.« Ich spüre, wie er sich umschaut, bevor er seine Hand vorne in meine Pyjamahose schiebt. Ich gebe ein leises Stöhnen ab, als seine Finger über meine Klit streichen, bevor er sie zwischen meine Schamlippen schiebt.

»Die Jungs sind hier«, murmel ich angeturnt.

»Hunter schläft noch und Carey kommt nicht mehr raus, weil er weiß, was wir hier machen«, flüstert er mir ins Ohr, lässt seinen

Atem über meinen Hals streichen. Ich lege meinen Kopf zur Seite, sodass er mich küssen kann. »Öffne die Beine weiter, Sweetie.«

Ich gebe ihm mehr Platz und schiebe meine Hand ebenfalls in meine Pyjamahose, lege sie auf seine.

»Hmmh, ja, Sweetie, das gefällt dir«, grollt er, während sich mein Atem beschleunigt.

Er taucht einen Finger in mich, fährt dann den Eingang entlang, neckt die kleinen Schamlippen, zieht leicht, bevor er mit zwei Fingern in mich eindringt und sie so tief stößt, wie es geht. Seine freie Hand sucht den Weg unter die Decke und unter mein Oberteil, umfasst meinen Busen und knetet sanft.

»Gott, Carter«, hauche ich.

»Entspann dich, Sweetie. So ist's gut.«

Seinen Daumen drückt er gegen meine Knospe und ich beginne zu zucken. Meine Bauchmuskeln ziehen sich eng zusammen und ich würde vornüber kippen, wenn er mich nicht so fest in seinen Armen hätte.

Sein Atem schlägt sich feucht auf meiner Haut nieder und seine Lippen fahren immer wieder meinen Hals hoch und runter. Er knabbert an meinem Ohrläppchen, leckt die Muschel entlang, küsst die zarte Haut dahinter.

»Carter, Carter ...«

»Hmmh, Sweetie, das turnt dich an. Du magst das«, sagt er leise mit so tiefer Stimme, dass ich alleine davon beinahe komme.

Seine Finger stoßen schneller und schneller in mich. Anfangs hat er immer noch den berühmten G-Punkt gesucht, aber scheinbar gehöre ich zu den Frauen, bei denen er nicht so ausgeprägt ist, aber er weiß auch so, wie er mich zum Abheben bringen kann.

Mit einer geübten Bewegung seines Daumens gegen das Häutchen über meiner Klit legt er sie frei und schabt dann leicht mit dem Nagel drüber. Ich wölbe mich von seiner Brust, stöhne laut auf, spüre, wie sich alle Muskeln zusammenziehen und in mir so ein unglaublicher Druck entsteht, dass ich implodiere.

»Carter«, keuche ich, während er seinen Daumen gegen mich drückt, um die Sensationen zu verlängern. Und zu verlängern. Und zu verlängern.

Ermattet liege ich in seinen Armen. Er küsst mich zärtlich und könnte ich schnurren, würde ich es jetzt tun.

»Danke«, sage ich und drehe mich halb, um seine Brust küssen zu können.

»Immer wieder gerne.«

Männer ... Selbst wenn sie wollten, könnten sie dieses selbstzufriedene Grinsen nicht von ihrem Gesicht wischen, nachdem sie eine Frau befriedigt haben. Die guten zumindest ...

»Alles okay zwischen uns?«, fragt er nach einer Weile kuscheln.

Ich nicke. »Ja. Ich hab nur Angst, dich zu verlieren.«

»Wirst du nicht. Ich will mit dir zusammen sein.«

»Gut.«

Er küsst mich auf die Wange. »Wie wäre es, wenn ich dich jetzt zum Frühstück einlade? Nur du und ich und dieses kleine Café im Gaslight District.«

»Das hört sich wirklich gut an«, antworte ich und lächel ihn an.

»Dann mach dich fertig, Sweetie.«

Ich eile nach oben und unter die Dusche und ziehe mich so schnell an, wie ich es noch nie geschafft habe. Ich hüpfe die Stufen runter und falle Carter in den Arm, der da gerade so passend steht. Er lacht und küsst mich, bevor er mich wieder auf die Füße stellt.

Es ist wie am Anfang unserer Beziehung. Carter, der perfekte Gentleman, der schon fast zu gut für mich ist. Wir lachen und reden und machen Scherze. Es ist eine wahre Freude, diesen Tag zu erleben.

Zwei Monate lang spielen Carey, Hunter und ich Familie. Sie verbringen viel Zeit zu Hause und ich muss zugeben, dass ich es liebe, bei ihnen zu sein. Wir kochen, schauen Filme, albern rum, erzählen uns Geschichten, unsere Träume und Ideen.

»Was wolltest du werden, als du so alt warst wie ich?«, fragt mich Carey eines Abends.

»Hmmh, lass mich nachdenken ... Ich schätze, da hatte ich schon den Wunsch, Lehrerin zu werden.«

»Lehrerin?«, fragt er abwertend.

Ich grinse. »Nicht so dein Fall? Was willst du denn werden?«

Er schaut mich verlegen an.

»Sag schon, Tilman«, necke ich ihn. »So schlimm kann es ja nicht sein.«

Hunter verschränkt die Arme vor der Brust und grinst über das ganze Gesicht. »Erzähl es ihr, Carey-Boy.«

Er bekommt Careys Mittelfinger ins Gesicht und lacht nur. »Sei kein Feigling. Sag ihr ruhig, dass du ...«

»Hunter!«

Er grinst seinen Bruder an, bevor er ernst sagt: »Das ist ein Job, bei dem du viel Gutes tun kannst. Ich bin stolz auf dich.«

Carey schluckt merklich. Ich lege meine Hand auf seinen Arm und er schaut zu mir runter. In dem einen Jahr ist er gewaltig in die Höhe geschossen. Er wird noch größer als Hunter und der ist schon fast zwei Meter.

»Was willst du werden?«, frage ich ihn leise.

»Rettungssanitäter.«

Ich nicke und nehme sein Gesicht in beide Hände. »Du bist ein toller junger Mann, Carey.«

Er lächelt, eine Mischung aus Unsicherheit und Freude. »Du findest das nicht unmännlich?«

»Ganz im Gegenteil. Ich denke, ein Mann zu sein, heißt Verantwortung zu übernehmen, zu helfen, wenn Menschen einen brauchen, für die zu sorgen, die es nicht selber können. Du machst mich unglaublich stolz.«

Und da finde ich mich in einer Umarmung wieder, die sich gewaschen hat. Er hebt mich hoch, drückt mich so fest an sich, dass mir der Atem geraubt wird, und stellt mich dann wieder auf die Füße. »Danke, Mac.«

Ich küsse ihn auf die Wange, bevor ich weiter Kartoffeln schäle. »Und du, Hunt?«

Er zuckt mit den Schultern. »Keine Ahnung.«

»Solltest du dich nicht mal entscheiden?«

»Vermutlich.«

»Warum tust du es nicht?«

Er kaut auf einem Stück Paprika. »Es ist schwer, eine Entscheidung für den Rest deines Lebens zu treffen.«

Ich nicke. »Aber es muss ja nicht für immer sein. Du kannst dein Hauptfach ändern oder etwas ganz anderes machen. Nur weil man Jura studiert, muss man kein Anwalt werden. Die Welt steht dir offen.«

»Wie kommst du auf Jura?«, fragt er nach.

»Nur so.«

Er zieht eine Augenbraue hoch. »Du siehst mich als Anwalt?«

»Naja«, sage ich und meine Mundwinkel verziehen sich leicht. »Du müsstest deine Garderobe überdenken.«

»Was stimmt damit nicht?«

Ich grinse. »Du kannst nicht mit Baggys und Sneakers in den Gerichtssaal marschieren. Und du kannst auch nicht sagen, ›yo, euer Ehren‹.«

Er lacht. »Das würde ich ja nicht tun, wenn ich Anwalt wäre.«

»Nein?«

Carey wirft ein: »Aber das wäre schon voll cool.«

»Nein, Mac, ich würde das Ding rocken. Ich wäre Harvey Specter.«

»Oh, den mag ich«, antworte ich. »Er ist so schön skrupellos.«

Carey schaut mich verblüfft an: »Du magst skrupellose Männer?«

»Natürlich nicht, aber so ein bisschen Bad Boy schadet keinem Mann.«

Hunter zieht die Augenbraue erneut hoch. »Ach?«

»Ja, ach. Und wenn du wüsstest, was gut für dich ist, dann würdest du einen Motorradführerschein machen.«

»Würd ich das?«, fragt er leise.

»Ja. Mädchen stehen auf Motorräder. Wie Loreley Gilmore sagte, wenn man sich schon das Leben für einen Mann kaputtmacht, dann sollte er zumindest ein Motorrad haben.«

Carey lacht. »Und wenn ich ein Bike hätte, würdest du dann mein Bikehäschen spielen?«

»Kommt nicht in Frage«, antworte ich rigoros.

»Hast du etwa Angst, Mac?«, spottet Hunter.

»Nein, keineswegs, aber der Platz ist bei Carey ja schon besetzt.«

Carey lacht und nickt. »Dann ist Katie mein Bikehäschen und du bist Hunters.«

Hunter schaut zufrieden, bevor er mit einem teuflischem Grinsen sagt: »Vielleicht will ich Mac aber gar nicht als mein Häschen.«

Irgendwas in mir zieht sich bei diesen Worten zusammen. Ich schaue nicht hoch, weil ich selber gar nicht weiß, was es ist. Es ist komisch, fühlt sich vollkommen merkwürdig an. Was ist es? Carey lacht über Hunters Worte.

Es klingelt an der Tür und Carey macht Katie auf.

Hunter kommt näher. »Mac ... Es tut mir leid.«

Ich schaue zu ihm hoch. »Alles okay, Hunter. Wir albern ja nur rum.«

Katie und Carey kommen in die Küche, aber ich meine Hunter sagen zu hören: »Ach, tun wir das?«

Es ist leicht zu vergessen, dass unsere gemeinsame Zeit kurz vorm Ablaufen ist. Ich wünschte, dass es ewig so weitergehen könnte.

»Was soll das heißen?«, brüllt Carter durch das Haus. Es ist der Morgen von Hunters Highschoolabschluss. Die Diplome werden in wenigen Stunden verteilt, die Reden gehalten, die Doktorhüte in die Luft geworfen und viele junge Erwachsene werden ins Leben entlassen.

»Ich habe mich freiwillig gemeldet«, wiederholt Hunter ruhig.

Ich kann es noch gar nicht so ganz verarbeiten, was er da sagt. Freiwillig gemeldet. Für was? Ich hoffe, er meint etwas anderes als das Militär. Friedenskorps vielleicht. Bitte, lass es das sein!

»Was ist dein Scheißproblem?«, schreit Carter wütend.

Carey sitzt aschfahl auf einem Küchenstuhl und starrt seinen Bruder entsetzt an. Seine Finger krallen sich um die Tischplatte und die Knöchel werden weiß.

»Können wir vernünftig darüber sprechen?«, fragt Hunter.

»Vernünftig? Nichts an dieser verfickten Aussage ist vernünftig!«

»Dad, ich habe lange darüber nachgedacht. Ich will es tun. Ich muss es tun.« Er legt sich die Hand auf die Brust. »Ich spüre tief in mir, dass ich es tun muss, dass das meine Bestimmung ist.«

»Deine Scheißbestimmung ist es, ein langes Leben zu führen, viele Kinder zu haben und mit deiner Frau alt zu werden! Es ist nicht deine Bestimmung im Irak in hundert Teile zerlegt zu werden.« Ich habe Carter noch nie so gesehen. Er ist vollkommen außer sich. Vor Sorge. Sorge um seinen Sohn.

»Das ist ja auch nicht der Plan«, antwortet Hunter und bleibt immer noch ruhig, während sein Dad einen wahren Tobsuchtsanfall bekommt.

»Das ist es aber, was tagtäglich passiert! Das ist kein Spiel! Nicht so ein albernes Videospiel, was ihr beiden zockt. Das ist ernst. Da sterben Menschen, jeden Tag. Immer und immer wieder. Und du denkst, du kannst da mal reinmarschieren und dir passiert nichts? Wie naiv bist du eigentlich?«

Ich trete neben Carter, lege ihm die Hand auf den Arm, aber er schüttelt mich ab. Hunters Augen finden meine, er bittet stumm um Verzeihung, nur wofür weiß ich nicht.

»Ich verbiete es dir!«, brüllt Carter und holt dabei mit einem Arm aus, der mich trifft. Ich zucke zusammen.

»Fuck, Dad! Wag es nicht, Mac wehzutun!«, schreit Hunter ihn an und schiebt sich vor mich.

»Hast du zugehört? Ich verbiete es dir! Du bist noch ein Kind!« Sein Vater achtet nicht darauf, was Hunter überhaupt gesagt hat. Er ist vollkommen auf das eine fokussiert. Hunter zu retten.

»Du kannst es mir nicht verbieten. Ich bin achtzehn, außerdem ist das endgültig. Ich habe mich gemeldet und sie nehmen mich.«

Zitternd lege ich Hunter die Hand auf den Rücken. »Wann musst du los?«

Er dreht sich zu mir, schaut mich mit traurigen Augen an. »In einer Woche.«

»Los? Hast du den Verstand verloren, Mackenzie? Er geht nirgendwo hin!«, schreit Carter und fasst nach meinem Arm.

Hunter hält ihn auf. »Dad, noch einmal! Letzte Warnung! Lass Mac da raus.«

»Hört auf!«, ruft Carey und seine Stimme klingt verzweifelt. Händeringend, so blass wie eine Leiche, steht er ein paar Schritte von uns entfernt.

Wir alle drehen uns zu ihm, sehen die Tränen in seinen Augen. »Hunt ...«, kommt über seine Lippen und ich sehe, dass Hunter schwer schluckt. Er geht die wenigen Meter auf ihn zu, zieht ihn hart in die Arme.

Mir laufen Tränen die Wangen runter, weil ich weiß, wie schwer es für sie ist. Wie schwer es für Hunter ist, seinen kleinen Bruder zu verlassen.

»Er geht nicht!«, brüllt Carter erneut.

Hunter dreht sich um. »Das ist nicht deine Entscheidung!«

»So lange du deine Füße ...«

»Fuck, Dad! Komm nicht mit so einer Scheiße! Ich bin erwachsen, ich habe meine Entscheidung getroffen. Du hast mir gepredigt, dass niemand meine Entscheidungen treffen kann. Du hast mir eingeredet, dass ich meinen eigenen Weg finden muss. Du hast mir immer und immer wieder gesagt, dass ich werden darf, was ich will.«

»Alles! Ja, alles, nur das nicht! Du darfst nicht in den Krieg ziehen und dich umbringen lassen! Das erlaube ich nicht!«

»Das ist nicht der zweite Weltkrieg, Dad, wo jeder Soldat quasi Kanonenfutter war. Ja, es gibt Verluste, aber sie halten sich in Grenzen.«

»Aber es gibt sie!«, donnert Carter. »Das ist kein beschissener Sonntagsausflug! Weißt du eigentlich, was da los ist?«

»Ich bin kein Kind. Ich weiß genau, was los ist. Hör auf, mich wie einen kleinen dummen Jungen zu behandeln.«

»Dann benimm dich nicht so!«

Hunter verliert seine ruhige Fassade. »Das tue ich gar nicht! Ich habe dir eine Entscheidung mitgeteilt, die ich für mich und mein Leben getroffen habe. Sie muss dir nicht gefallen, aber du musst sie akzeptieren!«

»Seit wann nimmt die Army Kinder?«

»Nicht Army, sondern Marines Force Recon.«

Einen Moment ist es mucksmäuschenstill. »HAST DU DEN VERSTAND VERLOREN?«, kommt es wie eine Detonation aus Carters Mund.

»Es reicht, Dad! Das ist meine Entscheidung!«

»Das erlaube ich nicht!«

»Wie gesagt, das ist meine Entscheidung!«

»Verschwinde! Wenn du dich nicht an meine Regeln hältst, dann hast du hier nichts mehr zu suchen!«

»Carter, bitte ...«, versuche ich einzuwenden.

»Halt dich da raus, Mackenzie«, weist er mich zurecht. Ich spüre seine Worte wie eine Druckwelle gegen meine Haut.

»Ist das dein letztes Wort?«, fragt Hunter und ich kann sehen, dass er sich zurückhalten muss, um nicht ebenfalls auszurasten.

»Ja. Wenn du das tust, will ich dich nicht mehr sehen.« Seine Stimme ist eisig.

Hunter dreht sich zu Carey, umarmt ihn. Carey laufen Tränen über die Wangen. Ich sehe, wie sich seine Hände an Hunters Shirt festkrallen, ihn nicht gehen lassen wollen. Doch dann löst sich sein Bruder und er greift ins Leere.

Hunter kommt zu mir, umfasst mit beiden Händen mein Gesicht, beugt sich nah an mein Ohr und flüstert leise: »Ich liebe dich, Baby.« Ich schlucke schwer.

Er bringt wieder ein wenig Distanz zwischen uns, sieht mich mit seinen Schokoladenaugen einen Moment an, bevor er mich hart auf den Mund küsst.

»Was zum Teufel?«, ruft Carter, aber da lässt Hunter mich schon wieder los und eilt aus dem Haus.

Ich sehe, dass Carter seine Hand ausstreckt, seinen Sohn nicht gehen lassen will. Wir hören den Motor aufheulen und Carey läuft ihm hinterher, ruft seinen Namen. Ich höre sein Schluchzen in der Einfahrt und laufe hinter ihm her. Er kniet aufgelöst auf dem Asphalt. Ich laufe zu ihm, schlinge meine Arme um ihn.

»Nein, Mac, er kann nicht gehen. Hunter kann nicht gehen!«

»Es tut mir so leid, Honey«, murmel ich in sein Ohr, drücke ihn an mich.

»Er kann nicht gehen.«

Ich streichel über seinen Kopf. »Wir lassen ihm ein paar Stunden Zeit, dann suchen wir ihn, okay?«

Er nickt. »Ich hab Angst.«

»Ich auch, Honey. Ich auch.«

Als wir wieder ins Haus kommen, sitzt Carter auf der Couch, den Kopf in den Händen vergraben.

»Wie konntest du das tun, Dad?«, ruft Carey aufgebracht. »Du hast ihn verjagt!«

Carter schaut auf und ich sehe die roten Augen. Er versucht, seine Gefühle zu unterdrücken, aber das scheint nicht wirklich zu klappen. »So redest du nicht mit mir, Carey! Geh in dein Zimmer!«

Carey schaut ihn fassungslos an. Er dreht sich wortlos um und rennt die Stufen hoch.

Ich weiß nicht, wie ich mit diesem Carter umgehen soll. Ich setze mich neben ihn. Ich lege zögernd meine Hand auf seinen Arm. Seine Muskeln versteifen sich.

»Wieso hat er dich auf den Mund geküsst?«, fragt er kalt.

Ich zucke mit den Schultern. »Ich weiß es nicht.«

»Hat er Gefühle für dich?«

»Vielleicht ein wenig, aber nichts Ernstes, denke ich.« Es zerreißt mich, ihn anzulügen.

»Seit wann weißt du das?«

Ich lege den Kopf ein wenig schief. »Ein halbes Jahr?«

»Und du hast nicht gedacht, dass es mich interessieren würde, dass mein Sohn in meine Freundin verknallt ist?«, fragt er ungläubig. Seine Stimme klingt sauer und ich mag es überhaupt nicht.

»Ich hab es für eine Schwärmerei gehalten. Aber, Carter, ist das wirklich das, worüber du reden willst?«

Er steht auf und tigert auf und ab. »Natürlich nicht, aber er hat mir ja jede Handhabe weggenommen! Das einzige, womit ich mich beschäftigen kann, bist du.«

»Okay. Wenn du deine Wut an mir auslassen musst, ist das okay. Ich bin hier. Ich bin hier für dich und Carey.«

Er schaut mich an und schnaubt. »Ich bin nicht der Typ Mann, der seine Freundin anschnauzt.«

»Ich weiß.«

Er fährt sich durch die Haare. »Ich sollte mit Carey sprechen.«

»Das solltest du.«

Er fixiert mich mit seinen Augen. »Okay.« Er kommt zu mir, küsst mich auf den Kopf, bevor er die Stufen nach oben geht.

Ich frag mich, wo Hunter sein kann, und rufe Devon an, aber er hat nichts von ihm gehört. Er weiß auch nicht, wo er sein könnte. Ich rufe auf Hunters Handy an, aber er geht nicht ran. Ich schicke ihm eine Nachricht, dass ich mir Sorgen mache, dass er sich melden soll. Ich denke an den Wutberg und plötzlich weiß ich, wo er ist.

Ich laufe aus dem Haus, springe in den Wagen und fahre zum Hügel. Er sitzt im Staub und starrt aufs Meer.

»Hey«, sage ich leise und setze mich neben ihn.

»Ich muss das tun, Mac.«

»Ich weiß«, sage ich leise und starre auf den Boden.

»Ich kann nicht hier bleiben.«

»Ich weiß.«

Er schaut zu mir. »Die Situation mit dir frisst mich auf.«

Ich nicke.

»Mac, ich liebe dich. Ich bin so total verrückt nach dir. Ich kann an nichts anderes mehr denken als an dich. Und mein Herz bricht, weil ich weiß, dass du so nicht fühlst und eventuell nie so fühlen wirst.«

»Es tut mir so leid«, murmel ich, während mir Tränen die Wangen runterlaufen.

»Nicht weinen, Baby. Bitte nicht. Ich kann deine Tränen nicht aushalten.«

Sanft wischt er mir über die Wangen.

»Ich wünschte, es wäre alles anders.«

Er nickt. »Sag mir nur eine Sache, Mac, okay?«

»Okay.«

»Wenn du nicht mit Dad zusammenwärst, wenn ich dich volljährig kennengelernt hätte ... Hättest du mich lieben können?« Sein Blick ist ein bisschen verloren. Der kleine Junge, der er so viele Jahre gewesen ist, blitzt in den Augen des Mannes auf, der er heute ist. Er ist unsicher, hofft auf eine Antwort, die es ihm gleichzeitig leichter und schwerer machen wird.

Und was kann ich ihm antworten? Ein nein würde ihn in Stücke reißen. Ein ja ebenso. Was ist besser? Zu wissen, dass es nie funktionieren würde oder dass das Schicksal es anders bestimmt hat? Dass einfach nur das Timing schlecht war.

Ich nicke.

Sein Lächeln ist traurig. Seine Schokoaugen sind verzweifelt.

»Darf ich dich um etwas bitten?«, fragt er mich.

»Natürlich.«

»Küss mich einmal so, wie du mich küssen würdest, wenn du mein Mädchen wärst.«

Ich zögere einen Moment. Ich will ihm diesen Wunsch nicht verwehren, will aber auch Carter nicht wehtun. Aber ... mein Herz übernimmt.

Ich umfasse sein schönes Gesicht mit den Händen, lächel ihn an. Er wartet ab, so wie er es versprochen hatte. Er wird es nicht mehr initiieren. Unsere Blicke sind aneinander festgetackert, als ich mich zu ihm beuge, meine Lippen sanft über seine streifen lasse, den kleinen Atemaussetzer spüre und dann das schnellere Lufteinsaugen. Seine Hände liegen auf meinen Hüften und in dem Moment, in dem ich meinen Mund mit seinem verschmelze, zieht er mich auf seinen Schoß. Ich spüre seine Erregung. Seine Hände legen sich auf meinen Hintern und er drückt unsere Becken aneinander. Er reibt seine Erektion an mir und ich stöhne auf.

Ich tippe leicht mit meiner Zunge an und er öffnet seine Lippen. Ich dringe in ihn ein und aus unserem süßen Kuss wird ein leidenschaftlicher Kuss. Ich schlinge meine Arme um seinen Hals, will jede Distanz zwischen uns ausschalten. Sein Penis, der sich gegen meine Klit drückt, raubt mir beinahe den Atem.

Eine Hand löst sich von meinem Hintern und er wandert über meinen Bauch, streicht mit dem Daumen über die Unterseite meines Busens.

»Ich würd so gern deine Titten sehen, Baby. Nur ein einziges Mal«, raspelt er hörbar angeturnt. Aber auch wenn ich glaube, dass er mich nun ausziehen würde, tut er es nicht. Als würde er sich das aufheben wollen. Stattdessen küsst er mich erneut, streicht nur sacht über meinen Bauch.

»So perfekt! So scheiß perfekt!«, murmelt er zwischen seinen Küssen, die immer leidenschaftlicher werden.

»Hunter ...«, murmel ich, obwohl mich die Küsse so verrückt machen, dass ich kaum denken kann. »Stopp. Bitte, stopp.«

Er hört auf, schaut mich zärtlich an. »Entschuldige. Du bist einfach der Wahnsinn. Du bringst mich seit dem ersten Tag um den Verstand.«

Meine Augen werden groß. »Seit dem ersten Tag? Aber du hast mich gehasst!«

Er grinst charmant. »Aber deine Titten habe ich geliebt.«

Ich stupse ihn gegen die Schulter, bevor ich aufstehen will. Ein bedauerndes Stöhnen entringt sich seinen Lippen und er stoppt mich mit den Händen auf meinen Hüften.

»Einen Kuss noch, Liebste«, sagt er leise. Auch dieses Mal wartet er ab, bis ich den ersten Schritt mache. Und ich tue es. Nach einer halben Ewigkeit trennen wir uns wieder und ich spüre ein leises Bedauern.

»Mac, ich hatte gesagt, nächste Woche, aber ich komm nicht mehr nach Hause. Ich schlafe so lange bei Shane. Das Marines Bootcamp ist hier in der Gegend, aber ...«

»Ich versteh schon, Hunter. Es ist schwer genug.«

Er nickt traurig. »Tu mir bitte noch einen Gefallen.«

Ich schaue ihn abwartend an.

»Ich hol morgen früh meine Sachen. Bitte sei nicht da und sorg dafür, dass Carey auch nicht da ist. Ich bin nicht stark genug, mich noch einmal von dir zu verabschieden.«

Ich nicke und er steht auf. Er reicht mir die Hand, hilft mir hoch. Er umarmt mich sanft, drückt noch einen flüchtigen Kuss auf meine Lippen und läuft zu seinem Auto. Ich stehe in der Hitze der kalifornischen Sonne und schaue dem Auto hinterher, das Hunter von mir wegbringt. Und ich habe mich noch nie so einsam gefühlt ...

# DANKSAGUNG

Als sich vor bereits einem Jahr diese Story in meinem Kopf festgesetzt hat, konnte ich nicht mehr aufhören, an sie zu denken. Tag und Nacht dachte ich an Hunter. Und an Mac. Und an ihre gemeinsame Geschichte. Ich wollte sie schreiben, wollte diese Geschichte erzählen, sie der Öffentlichkeit präsentieren. Ich schrieb und schrieb und schrieb. Ich gebe es zu, ich war ein wenig besessen. Und als ich einen ersten Entwurf fertig hatte, musste ich das Manuskript erst einmal liegen lassen.

Manche Geschichten brauchen Zeit um zu reifen, damit man erkennen kann, ob sie ihr volles Potential entwickelt haben. Als ich in diesem Jahr die Seiten aus der Schublade zog, erkannte ich, dass ich zunächst nur das Gerippe erschaffen hatte, aber ich musste sie noch mit Leben füllen. Mit mehr Leben.

Und dann merkte ich noch etwas anderes: Dass mich diese Geschichte auch zehn Monate später immer noch genauso faszinierte. Wieder nistete sie sich in meinem Gehirn ein, bis ... ja, bis ich fertig war.

Ich danke meiner Lektorin Lea von ScriptLounge, die wie immer dafür sorgt, dass ich ›Tassen nicht aus einem Glas‹, sondern auch einem Schrank hole.

Ich danke meiner Mama, weil sie als allererste von dieser Geschichte wusste und tagelang mit mir gebrainstormt hat, wenn ich nicht wusste, was eigentlich geschehen sollte.

Ich danke meinem Mädchen für besondere Fälle, Alexandra,

dass sie mir den Kopf nicht abgerissen hat, obwohl sie zehn Monate auf Teil 2 warten musste. Wenn ihr den Cliffhanger hasst, stellt euch vor, was sie erleiden musste.

Ich danke meinen Testleserinnen Juliane, Julia, Stefanie und Berenike, dass sie – obwohl sie alle begeistert waren – trotzdem keine Scheu hatten, die Geschichte noch besser zu machen.

Ich danke meinem Kollegen Per Sander, dass er sich einen Abend bei Gin Fizz – die er auch noch gemixt hat! – mit mir hingesetzt hat, um den perfekten Titel zu finden.

Ich danke meinen wunderbaren Kolleginnen Anya Omah und Mia Kingsley, dass sie sich mein Gejammer angehört haben und trotzdem noch mit mir reden.

Ich danke all den tollen Frauen in meiner Gruppe *In bed with Annie*, weil sie mich bei jeder Frage mit Antworten überhäufen, bei jeder Blockade Ideen entwickeln und alles tun, um mir zu helfen.

Ich danke allen fantastischen Menschen, die ich in meinem Leben habe, die für mich da sind, meine Verrücktheiten ertragen und mir auch manchmal sagen, dass ich auf dem Holzweg bin.

Ich danke all meinen Leser*innen, die dafür sorgen, dass ich meinen Traum leben kann.

Danke.

Love, Annie
(Mai 2016)
www.annie-stone.de
facebook.com/anniestone81

**Weitere Bücher der Autorin**

Emma - Writing her own story

Emma & Drew – Writing our story

She flies with her own wings

Among the wild flowers

Serendipity is life

This is us

The numbers of breaths

The words unwritten

There have always been fairy tales

Jace – Einspruch abgelehnt!

Mike – Farbexplosion

Ben – Bruchstücke

Küss den Cowboy

18377684R00113

Printed in Poland
by Amazon Fulfillment
Poland Sp. z o.o., Wrocław